古き掟は、新しい掟になるんだ

古き掟の魔法騎士

The fairy knight lives with old rules

騎士は真実のみを語る

A Knight Tells Only the Truth

その心に勇気を灯し

Their Bravery Glimmers in Their Hearts

その剣は弱きを護り

Their Swords Defend the Defenseless

その力は善を支え

Their Power Sustains Virtue

その怒りは――悪を滅ぼす

And Their Anger...Destroys Evil

古き掟の魔法騎士V

羊 太郎

ファンタジア文庫

3238

口絵・本文イラスト　遠坂あさぎ

The fairy knight lives
with old rules

アルヴィン

キャルバニア王国の王子。王家の継承権を得るために騎士となり、斜陽の祖国を救うべくシドに師事する

シド

“伝説時代最強の騎士”と讃えられた男。現代に蘇り、落ちこぼれの集うブリーツェ学級の教官となる

イザベラ

半人半妖精族の女性。古き盟約の下、キャルバニア王家を加護し、その半人半妖精としての力を貸す『湖畔の乙女』達の長

テンコ

貴尾人と呼ばれる亜人族の少女。アルヴィンの父に拾われ、アルヴィンとは姉妹同然に育てられた

STUDENT

クリストファー

辺境の田舎町の農家の息子。自ら味方の盾になったりとタフな戦い方を得意とする

エレイン

とある名門騎士出身の、貴族の令嬢であった。剣格が最下位であるが、座学や剣技は学校の中でトップクラス

セオドール

スラム街の孤児院出身であり、インテリな外見に似合わず、結構な不良少年。実はスリが得意

リネット

とある貧乏没落貴族の長女。動物に愛されるタイプであり、乗馬にかけては、ブリーツェ学級随一

KEY WORD

妖精剣

古の盟約によりて、人の良き隣人（グッド・フェロー）たる妖精達が剣へと化身した存在。騎士はこの妖精剣を手にすることによって、身体能力の強化や自己治癒能力の向上、様々な魔法の力を行使することができる。

ブリーツェ学級

キャルバニア王立妖精騎士学校に存在する、騎士学級の一つ。

自由・良心を尊び、自分自身の信じる正義と信念を重視する。

生徒傾向は、新設されたばかりの学級で、何ともいえないが、あえて言えば個性豊か。《野蛮人》シド＝ブリーツェの名前を冠する。

キャルバニア城と妖精界

王国建国時に、湖畔の乙女達や、巨人族の職人達が力を合わせて建造したとされる。

人や動物といった物質的な生命が生きる《物質界》と、妖精や妖魔といった概念的な生命が生きる《妖精界》という二つの世界が存在し、キャルバニア城は、その狭間に位置する。

序章　古き騎士達の在りし日

目を閉じれば──今でも鮮やかに思い出せる。
それは、世界が今よりほんの少しだけ残酷で厳しかった頃の話で。
今は石に刻まれ、詩人達が唄う物語の中だけの話。
人々の痛みと嘆きと慟哭《どうこく》とが入り交じり、渦巻く混沌《こんとん》の坩堝《るつぼ》のような世界の中で。
それでも〝掟《おきて》〟を胸に、友のため、家族のため、愛する者のために剣を振るう日々。
魂《ウィル》が焦がされるような日々。
そう。
人の痛みも、悲しみも。喜びも、怒りも、嘆きも。
あの頃は、何もかもが熱かった。
遥《はる》か地平の果てまで、見渡す限り並ぶ槍衾《やりぶすま》と騎影。
剣と炎、屍《しかばね》と血、灰……それらが堆《うずたか》く積もる戦場に、俺達の青春があったのだ──

「──俺が血路を開く。後は任せたぜ、我が主君」

「待て！　シド卿《きょう》！　待ってくれ！　死ぬ気か⁉」

──。

「ちぃっ！　貴様一人に手柄を持って行かれてたまるか！」

「ふははははっ！　さすがはシド卿よ！　者共遅れを取るな！　この獅子《しし》に続けぇい！」

「ふっ。面白い、閃光《せんこう》の。このルーク＝アンサローが、貴方《あなた》の背を守りましょう」

──。

「さすがの策だな、リフィス。お前が味方で良かった」

「……ふん。相変わらず世話の焼ける男だ、貴様は」

──。

「いつか、貴公と全力で手合わせ願いたいものだ、閃光の」

「俺もさ、獅子の」

――――。

「今でもほんの少し無想することがあります。もし、私が騎士としてではなく、女として生きることができたのなら……貴方は、私をどう見てくれたのか、と。

それは……貴方と肩を並べて剣を振る今と、どちらが幸せだったのか……と」

「……ルーク」

「ルーシーです。今だけは」

――――。

「いいか、シド卿！　貴様を助けたのはあくまで、崇敬なる我らが主君のためだ！　勘違いするなよ⁉　何を笑っている⁉　この《蒼《あお》き梟《ふくろう》》を侮辱する気か⁉」

――――。

「皆、今度の戦は、かつてないほどの激戦になると思う。西の蛮族連合の侵攻……これを食い止めなければ、僕達キャルバニア王国は終わりだ。

僕は王として命じる。

皆のその命……僕に預けてくれ！」

「ふっ、今さら何を言ってんだ、この王様」

「まったくだ」

「我らがキャルバニアの騎士総勢一万騎ッ！　地獄の果てまで王と共にッ！」

「「「ぉおおおおおおおおおおおおおおおおお――っ！」」」

――――。

――――。

――――。

──仲間達とのかけがえのない日々は、今でも鮮明に思い出せる。

お世辞にも、幸せな日々とは言い難《がた》かった。

身が震えるような喜びや名誉があれば、身が引き裂かれそうな悲しみや屈辱もあった。

親交深き仲間と死に別れることなど日常茶飯事だったし。

かつて、心通わせたはずの友と剣を向け合うこともしょっちゅうだった。

人は時に残酷で、世界はどこまでも非情で、騎士の掟なんか無意味な条文ではないかと疑ったこともある。

でも。

それでも。

そんな日々だったとしても。

俺は胸を張って言えるだろう。

友と、地平の果てまで戦場を駆け回ったあの日々は──

──きっと〝楽しかった〟のだ、と。

……あの日までは。

――。

それは――とある戦いの後。

占領したとある城の中、戦後処理に忙殺されていた時の話だ。

「シド卿」

「どうした？　我が主君。……んっ？　なんだ、その姫君は？　ザクセール王の娘……ではないよな？」

アルスルが塔に幽閉されていたとある娘を保護し、俺の前に連れてきたのだ。

「ああ、この人はザクセールに滅ぼされた亡国の姫君らしい。竜餐《りゅうさん》儀式の生贄《いけにえ》のため、今日まで、ずっと囚《とら》われの身であったそうだ」

「………」

俯《うつむ》いたまま、黙って頷《うなず》く娘。

その娘は全身を極薄の衣に包み、ローブを目深《まぶか》に被《かぶ》っている。

思わずぞっとするほど、妖艶《ようえん》で美しい女であった。

「なるほど。ザクサール王がかの暴竜を手懐《てなず》けていた理由はそれか。乙女達を生贄に喰《く》わせ、それと引き換えに暴竜を使役していたわけか。噂《うわさ》通りのクズだな」

「ああ。でも……もう大丈夫だよ、姫。僕達が君を保護する。もう君を辛《つら》い目には遭わせない」

「……アルスル……様……」

「シド卿。この人の祖国はもう滅んでいる。僕達の国に連れ帰ろうと思う。いいかな？」

是非もない。

俺は騎士で、アルスルは主君。

主君がそう言う上に、騎士としても斯様《かよう》な女を見捨てる選択などあり得ない。

だが──正直に言えば。

この時、俺は嫌な予感がしたのだ。

そう、この辛くも楽しい日々の、斜陽の気配。

俺達の青春の終わりが近づいたような……そんな予感が。


「……姫。僭越《せんえつ》ながら、名前を頂戴してもよろしいか」


すると。

その姫君は、その花弁のような唇をゆっくりと開いて、こう名乗った。

「フ、フ、フ、フロレンス……フロレンス＝ティンベリカと申しますわ、勇壮なる騎士様」

その不気味なまでに妖艶で美しい相貌。

その口元が、妖しく嗤《わら》った……そんな気がした。

第一章　破滅を告げる冬

「私は——エルマ。あなたの双子の妹よ、アルヴィン……いえ、アルマ姉様」

「……ッ⁉」

その聖霊御前闘技場内の誰もが、息を呑《の》んでいた。

観客達も。

騎士達も。

テンコを始めとするブリーツェ学級《クラス》の生徒達も。

イザベラも。

誰もがエンデアの宣言の意味がわからず、ただただ呆然《ぼうぜん》とするしかなかった。

「………………」

ただ、シドだけが何かを悟ったように、上空のエンデアを凝視している。

そして——

その不理解がもたらす静寂と停滞を破るように。

「君が……僕の双子の妹だって……？」

アルヴィンがいかにも信じられぬといった顔で、ぼそりと呟《つぶや》く。

すると、それを耳聡《みみざと》く拾ったエンデアが、鬼の首を取ったかのように吐き捨てた。

「ええ、そうよ、アルヴィン。つまり、私と貴女《あなた》は姉妹──」


「嘘《うそ》だッッッ！」

否定の叫びが響き渡った。

その声の主は──観客席からアルヴィンの隣に駆けつけたテンコであった。

「テンコ……」

「嘘言わないでくださいッ！　貴女がアルヴィンの双子の妹ですって!?　そんなことはありえませんっ！」

「なぜ貴女がそんなこと、言い切れるの？　テンコ」

おかしそうに見下ろしてくるエンデアに、テンコが吠《ほ》え続ける。

「なぜって……アルヴィンのお父上、アールド様の血を引く者は、アルヴィンただ一人だけだからですよっ！　アールド様はこの私に仰《おっしゃ》いました！　アルヴィンを頼むって！　アルヴィンは一人だから……王家の血を引く者はアルヴィン一人だけだから……だから……ッ！　それに、私はアルヴィンが小さな時から一緒にいましたっ！　アルヴィンに貴女のような妹が居たなんて、見たことも聞いたこともないですっ！　貴女がアルヴィンの妹だなんて、あり得ないんですよっ！」

そんなテンコの剣幕に。

「…………」

エンデアは一瞬、苛立《いらだ》ったような、それでいて悲しげな目で沈黙して、

「じゃあ、この顔はどう説明つけるのかしら？」

証拠でも突きつけるように、そう言い放つ。

「そ、それは……」

思わず言葉に詰まるテンコ。

アルヴィンとうり二つなエンデアの顔立ち。

アルヴィンとは無関係……と断じるには、あまりにも鏡映し過ぎるその相貌。

「そ、そうだっ！　きっと！　え、えーと！　幻惑か何かの魔法とか使って、アルヴィン

の顔を真似《まね》して、私達を欺《だま》そうとしてるんです……ッ！

以前、貴女が黒の妖精剣で私にちょっかい出してきた時から、ずっとそうやって、私達を欺そうとしてきたんですよね⁉」

「はぁ～……貴女の頭じゃその程度が限界みたいね、テンコ」

呆《あき》れたように、エンデアがテンコから目を逸《そ》らす。

「酷なことを言ってやるな。テンコに謎解きや頭脳労働など、土台無理な話だ」

「ふん！　どうですか、エンデア！　師匠もこう言ってます！　参りましたか⁉」

なぜか勝ち誇ったようなどや顔のテンコをスルーし、エンデアがシドを流し見る。

「シド卿《きょう》……後、イザベラでもいいわ。私が魔法の類いを使って容姿を偽造しているかどうか……当然、わかるわよね？」

「…………」

「…………」

押し黙るシドとイザベラ。

エンデアの言うとおり、二人ともわかっているのだ。

シドは霊的な視覚で、イザベラは魔法探知で、今のエンデアがなんの魔法もまとっていないことは察している。

それどころか、以前、エンデアと対峙《たいじ》した時から、エンデアの持つマナは色こそ真っ黒だが、その波長は自分がよく知る誰かとそっくりなことを薄々感じていた。

それは当然――アルヴィンのマナの波長。

ならば、双子だと言われて、むしろ納得してしまったほどである。

そんな二人の心中を察してか、エンデアは勝ち誇ったように嗤った。

「つまりはそういうこと。王家の継承者は、この国の玉座は、アルヴィンだけのものじゃない。この国も、民も、アルヴィンだけのものじゃない。

わかる？　私のものでもあるの……ううん」

頭を振って、エンデアがアルヴィンを睨《にら》む。

この世界でもっとも憎き者を突き刺すかのように、凄絶に睨み付ける。

「この国は……この世界は、私のものよ、アルヴィン。貴女なんかに渡さないッ！　渡してたまるもんですか……ッ！

思えばいつだって、そう！　貴女だけが欲しいものを全て手に入れる！　せっかく女だって事実をバラして、貴女の全てをブチ壊してやろうとしたのに！

それすらひっくり返して、さらに貴女は欲しい物を手に入れた！

冗談じゃないわっ！　ずるいのよっ！　ずるいっ！　ずるいっ！　いつもいつもいつも

いつも貴女ばっかり！　どうして、私と貴女でこうも違うわけ⁉」

「え、エンデア……？」

まるで子供のように癇癪《かんしゃく》を起こすエンデアを、呆然と見上げるしかないアルヴィン。

「だからね、アルヴィン！　私、この世界を壊してしまうことにしたの！　貴女の大事なもの全部、全部壊してしまうことにしたの！

私に優しくないこんな世界要らない！

私を差し置いて、アルヴィンばかり贔屓《ひいき》するこんな世界要らない！　要らないのッ！

だから、滅ぼすことにしたの！　貴女を！　この国を！　この世界を！

そして、私がこの世界の真なる王になってやるわ！　あはっ！　あっはははははははははははははははははは──ッ！」

そんな特上の怨嗟《えんさ》と罵倒を、アルヴィンはしばらくの間、一身に受け止めて。

やがて、ぼそりと問い返す。

「なぜなんだ？　エンデア」

「！」

「思えば、君は最初から僕のことを激しく憎んでいた。

君の言葉が真実なら、僕と君は双子の姉妹なんだろう？

つまり、互いにとってたった一人の肉親だ。本来なら、手を取り合って生きていかなければならない存在のはずだ」

「…………」

「なのに、なぜ……君はそうまで僕を憎むんだ？」

すると。

「貴女が……貴女が、それを私に問う？」

ぞわり。

エンデアの憎悪《ぞうお》が、憤怒《ふんぬ》が、闇のマナが、存在感が——膨れ上がった。

圧倒的に、絶望的に膨れ上がり、その場の全ての人間を心胆から震え上がらせた。

「え、エンデア……ッ!?」

「私がなぜ、貴女を憎むかって……？　そんなの決まってるじゃない……ッ！　貴女が……貴女が私を裏切って、私の全てを奪っていったからじゃない……ッ！」

「僕が君を裏切った……？」

「そうよっ！　いつまですっとぼけていれば気が済むのよ、アルマ姉様ッ！」

その激情と憤怒に呼応するように。

業！　と。

エンデアの全身から爆発的な闇のマナが噴き上がり、四方八方に吹《ふ》き荒《すさ》ぶ。

その嵐のような威が、アルヴィンへと叩《たた》きつけられる。

「――ッ⁉」

と、その時だった。

そのエンデアの放った憤怒のマナが。

アルヴィンへと叩きつけられた、壮絶なる闇のマナが。

ピタリと合うアルヴィンとエンデアの目と目を通して、アルヴィンに密《ひそ》かに仕掛けられていたとある魔法を突き崩す。

それは……とある偉大な半人半妖精《ニミュエ》が、幼い頃のアルヴィンに仕掛けた一つの魔法。

記憶封印の魔法。シドやイザベラすら気付かぬ隠蔽性と、ありとあらゆる解呪を受け付けない頑強さを誇る魔法。

だが、エンデアの壮絶な憎しみを浴びることで、それに綻びが入る。

一度、魔法の式にヒビが入ってしまえば、後は容易《たやす》かった。

まるで砂上に立てた楼閣のように。

アルヴィンの中で、その封印は次々と崩れ去っていく。

その封印の扉が開かれた向こう側で、アルヴィンが見た光景は――……


「う、ぁあああああああああああああああああああ――ッ!?」


突然、その場に絹を裂くような叫びが響き渡った。

アルヴィンが頭を両手で抱えて叫んだのだ。

「アルヴィン!?」

「テンコ……あ、頭が……頭が痛い……ッ! うっ……」

「し、しっかりしてください! くっ、エンデア……貴女、一体、何を……ッ!?」

「……さぁ? 別に?」

睨み付けてくるテンコを、興味なさげに受け流すエンデア。

「ま、最愛の妹を綺麗《きれい》さっぱり忘れている薄情なアルマ姉様なんか、放っておいて。

ねぇ、フローラ……そろそろ始めない?」

エンデアが愉《たの》しそうに背後を振り返ると。

「ええ、そうですわね。始めましょうか、私の可愛《かわい》い主様」

そこには、いつも通り妖しく妖艶《ようえん》な笑みを浮かべた黒い魔女……オープス暗黒教団の長たる大魔女フローラが佇《たたず》んでいた。

「全ての儀式準備はもう完璧に調っています。

ANTHE-TASTHE《アンスタシス》の世界展覧贄《せかいてんらんにえ》。裏聖霊降臨祭の儀式……そして、物質界と妖精界の境界たる霊地、キャルバニア城最深部──聖霊御前闘技場。

全ての条件が、ここに揃《そろ》いました。

後は、私の愛《いと》しい主様が、それを望めば、それを欲《ほっ》すれば、全てが主様の思うままに成るでしょう──」

「うふふ、ありがとう、フローラ。

この世界で私に良くしてくれるのは、貴女《あなた》だけね、フローラ。大好き」

まるで母親に甘えるようにエンデアがにっこりと笑って。

己の剣──黒の妖精剣《黄昏《たそがれ》》を抜く。

「帰還せよ・帰還せよ・帰還せよ・我が内・我が器に帰還せよ……」

そして、エンデアが剣を掲げ、古妖精語《エスピリッシュ》で不穏な響きの呪文を唱え始めた。

「あ、あの呪文は……ッ⁉」

それを聞いた途端、青ざめるフローラ。

「と、止めてくださいっ！　あの呪文を完成させてはなりませんっ！　誰か——」

その言葉にいち早く反応したのは、シドであった。

迸《ほとばし》る閃光《せんこう》。

空に至る空間を稲妻が跳ね、踊り、無数の道を形成する。

——《迅雷脚》。

その稲妻の道を伝って、閃光と化したシドが、エンデアへ向かって神速で飛んだ。

「……ッ！」

閃光が呪文を唱えるエンデアへ向かって一直線に迫る。

「エンデア——」

「……ッ⁉」

だが、エンデアに迫る閃光《シド》は、到達する直前、エンデアの周囲に不意に蟠《わだかま》った闇のマナ障壁によって阻《はば》まれた。

正面から激突し、激しく爆《は》ぜる稲妻と闇。

その闇の障壁を展開したのは――フローラであった。

フローラがエンデアを庇《かば》うように、シドの前に割って入っている。

杖《つえ》先から展開する闇の障壁によって、見事、シドの突進を防いでいた。

「無粋な真似《まね》は辞めてくださいな、《閃光の騎士》」

「フローラ……ッ！」

世界を明滅する光と闇の中。

シドとフローラが至近距離で睨み合う。

「今宵《こよい》は生誕祭なのです」

「……なんだと？」

「世界に捨てられて、見放され、拒絶され――誰からも顧みられず、振り返られなかった哀れな少女……それが今、この世界に鮮やかに花咲き、生まれ変わるのです。

我々はただ黙って、それを見守るだけでよい。

この世界の全ての原初たる、根源世界の誕生。

永遠に死と静寂に閉ざされし冬の世界を統《す》べる、真なる魔王の誕生――その瞬間を」

「まさか、お前……ッ！」

シドとフローラが、壮絶なマナでせめぎ合っている最中――

「汝《なんじ》は世界を統べる冬の王・死と静寂によりて・永遠を統治する者！」

「我はその意思を継ぎし者・汝の魂《ウィル》を受けし器となる者！」

「時は満ち・時季は来た！」

「春は終わり・夏は失《う》せ・秋は忘れられて！」

「真なる冬が・支配する！」

「今こそ帰還せよ・げに偉大なる古き王・げに恐ろしき冬の王！」

「我と汝で・永遠なる冬の世紀を・刻むべく！」

「いざ・今・此処《ここ》に・来たれぇえええええ！」

……誰も、何も出来ないまま。呆気《あっけ》に取られて棒立ちのまま。

エンデアの呪文は……呆気なく完成してしまう。

そして──

世界の破滅を告げる鐘が鳴った。

ゴゴゴゴゴ……

まるで地獄の底からどよもすような地鳴りが、その場に渡っていき……やがて、大地が揺れ始める。

「な、なんですか、これ……ッ⁉」

テンコが慌てて周囲を見回す。

「……ッ！」

頭痛で悶《もだ》え苦しむアルヴィンの肩を抱くイザベラが、悔しげに歯がみする。

「……ち」

地に降り立ったシドが、上空のエンデアを見据える。

おろおろとざわめく周囲の騎士達。

大混乱の観客席。

その場に集う全ての人間が動揺し、慌てふためく中、地震は徐々に強さを増し……やがて、立っていられないほどに酷《ひど》くなる。

壁や天井、床にヒビが入り、崩落が始まっていく……

「逃げろ！　崩れるぞ！」

誰が叫んだか、その台詞《せりふ》。

それをきっかけに、一気にその場を大狂騒が支配した。

誰もが我先にと、悲鳴と怒号を上げて闘技場の出口を目指して逃げ惑う。

「あっはははははっ！　あーっははははははははははははははは――ッ！」

その狂騒と崩落の協奏曲の中、ただただエンデアの高笑いだけが響き渡っていた――

――――。


異変は、聖霊御前闘技場内だけに留まらなかった。

その頭上にそびえ立つキャルバニア城を中心に、その振動は王都中に伝わっていく。

振動の強さも、徐々に強まっていく。

強く、さらに強く。

まるで際限など知らぬとばかりに強くなっていく。

悲鳴。喧噪《けんそう》。罵倒。怒号。

新春を讃《たた》える聖霊降臨祭で浮き足立っていた王都市民達の姿は、もうない。

今はただ、混乱と困惑と狂騒の中で逃げ惑う姿だけがあった。

そんな市民達をあざ笑うかのように、振動――否、最早《もはや》天変地異級の大地震は、さらに強くなっていき……

やがて、それに耐えかねた城が、王都が、断末魔の悲鳴を上げた。

キャルバニア城を中心に、王都中に、亀裂が放射状に走っていく。

まるで崖のような深く暗い奈落を湛《たた》えた亀裂に巻き込まれ、建物が次々と倒壊し、崩落していく。城壁が破壊され、崩れ、何もかもが平らになっていく。

王都が。

キャルバニア王国初代王、聖王アルスルが築き上げ、王国有史以来、長きに亘《わた》りそこに住まう人々を見守り続けてきた歴史と伝統ある王都が。

……壊れていく。崩壊していく。

まるで冗談のような、夢のような、信じられぬ光景。

王都中の人々は、最後の希望に手を伸ばすような気分で、大地震の中心――キャルバニア城を縋《すが》るように見た。

王都市民の心の拠《よ》り所《どころ》にて、王国繁栄の象徴たるその城。

聖王アルスルのお膝元たるやを示す、王都市民の最後の希望。

だが――そんな希望も空《むな》しく。


びしり。


ついに、不落のキャルバニア城にまで、大きく亀裂が走った。

際限なく強まる大地震に、城はこれまで必死に耐えていたが……ついに屈し、その偉容に取り返しのつかない傷痕が刻まれる。

そして、一度傷がついてしまえば。

後は、水が低きに流れ落ちるかのごとく、容易《たやす》かった。


びしり。びしり。ばきり……


次。また、次と。

キャルバニア城に巨大な亀裂が幾つも走っていき……その亀裂は、まるで城の表面を網目のごとく走って行き……そして。

城の崩壊が……始まった。

あの聖王アルスルが建てた不落の城が。

半人半妖精《ニミュエ》と、巨人族《ティターン》と、人族とが、力を合わせて建造した平和と安寧の象徴が。

全ての騎士達の母屋《おもや》であり、誇りの在処《ありか》が。

為《な》す術《すべ》もなく壊れていく。

崩壊の断末魔を上げて、崩れ落ちていくのであった――


――。

「……なんて……ことだ……」

アルヴィンが未《ま》だ激しく痛む頭を押さえながら、呻《うめ》くように言った。

眼前の光景が、信じられなかった。

見渡す限り、崩壊した王都。

完全に倒壊し、崩れ落ち、がれきの山となった城。

そして、そんな王都をまるで蜘蛛《くも》の巣《す》のように走り回る奈落のような亀裂。

つい先刻まで美しき繁栄を見せていた王都が、今や見る影もなかった。

「始祖達が築き上げてきた物が……こんなに……あっさり……？」

愕然《がくぜん》と立ち尽くすしかないアルヴィン。

幸い、あの闘技場にいた者達に被害はなかった。

そこが、そもそも《湖畔の乙女》達の儀式場であるということが幸いしたのだろう。

イザベラ達が咄嗟《とっさ》に発動した脱出の転移魔法によって、城の崩落に巻き込まれることなく、全員が無事に外へと脱出することが出来た。

だが——この破滅と絶望の光景を見せつけられるのと、それを見ずに地下に生き埋めになるのとでは、一体、どちらが幸福だったのだろうか？

「……エンデア……ッ！　君は……ッ！」

アルヴィンが、未だ激しく痛む頭を押さえながら頭上を見上げる。

その遥《はる》か上空には……この破滅を演出した憎き妹と、その従者の姿があった。

「何、キレてるわけ？　アルマ姉様。キレてるのはこっちなんだけど？」

互いに視線で呪い殺さんばかりに睨《にら》み合う二人の同じ顔の少女。

その後ろで、ただフローラだけが愉《たの》しそうに見守っている。

「言っておくけど……まだまだ、終わりじゃないわ、姉様。これからよ？」

「なんだって……ッ⁉」

「な、何が……これ以上、一体、何をする気なんですか、エンデア！」

テンコの怯《おび》えきり、狼狽《うろた》えきった叫びに満足するように。

エンデアが満面の笑みを浮かべて続ける。

「言ったでしょう？　世界を終わらせるって」

そう宣言した瞬間。

王都にさらなる異変が起こった。

王都中を、城跡地を中心に蜘蛛の巣のように縦横無尽に走った亀裂。

深い闇色を湛え、覗《のぞ》き込めばまるで奈落の底まで届いていそうなその亀裂から……不意に、大量の闇が立ち上ったのだ。

まるで、それは狼煙《のろし》のようだった。闇の狼煙である。

王都中のあちこちから、無数の闇の狼煙が上がり……それは何かに導かれるように上空に立ち昇っていく。

そして……その闇の狼煙は、エンデアに集まっていった。

エンデアの体が、その闇の狼煙を片端から吸収していく……

「ふふ……来たわ……ついに……ッ！　私が、この世界の真なる王になる時が、ついに来たんだわ……ッ！」

興奮気味に叫ぶエンデアが――変わっていく。

姿、形はそのままだが、その存在が別の何かに変わっていく。

闇がエンデアに呑《の》み込まれていくと同時に、エンデアの背中に成長していく、巨大な氷の翼。

そして、何よりも。

エンデアの剣が――変わっていく。

黒の妖精剣《黄昏《たそがれ》》が、別次元の何かに昇格していく。
より強く、より美しく、より禍々《まがまが》しく、その造形を変えていく――
同時に――異変は空にも起こる。
春の暖かな日差しを湛えた青空に、みるみるうちに暗雲が広がり、塞いでいく。
その暗雲によって、昼間だというのにまるで夜のように辺りが暗くなっていく。
同時に、あっという間に気温が下がっていく。
それは肌寒いなんてものではなかった。むしろ激痛だった。
春用の衣装では到底耐えられない、真冬のような寒さが王都を突然襲ったのだ。
そして――そんな寒さに呼応するように。
ちらり、ほらり……季節外れの雪が降り始めた。
同時に、冷たい風も吹き始めて。
雪と風は徐々に、力と勢いを増し、際限なく増していって。
あっという間に、王都中が――否、国中が猛烈な吹雪に見舞われた。
「な、なんですか、これ……ッ⁉　こ、こんなの絶対おかし――……」
びょうびょうと激しく吹き荒《すさ》ぶ吹雪の音に、テンコの悲鳴が吹き消されていく。
油断すれば、身体《からだ》が浮きそうなほどの猛吹雪に、誰もが戸惑い、身を縮こめて耐えるしかない。

「こ、これは……まさか【黄昏の冬】……ッ!?　ということは、やはり――」

イザベラが驚愕《きょうがく》と絶望の表情で辺りの異変を見回す。

そして誰もが、混乱と寒さに耐えかねて大騒ぎする中。

「…………」

シドは、ただ黙って暗い上空を見上げていた。

その先には、エンデアとフローラがいる。

シドの鋭い双眸《そうぼう》は――その二人の先にいる、遠い在りし日の誰かを見ていた。

そして、この世界の季節外れの真冬の訪れと共に。

エンデアは――変わり果てていた。生まれ変わっていた。

単純な姿形容姿はこれまでと変わらない。

だが、全身に圧倒的な闇をまとう氷鎧《ひょうがい》と、背中に伸びる氷翼は、まさに冬の女王と呼ぶにふさわしい威厳と貫禄《かんろく》、存在感だ。

そして、その手に携える荘厳《そうごん》な黒剣。威厳、風格、品位、力……何もかもが別格に昇華した新たなる王剣。

そして、感じる絶対的なマナ量。マナ圧。

この世に存在するだけで、この世界の全てに影響を及ぼし、圧殺する絶対王の顕現。

自然概念の具現者たる妖精が神格化した神霊――それすら超越した存在。

それ、すなわち――


「〝魔王〟」


「ふふふ。ご名答よ、シド卿《きょう》」

シドの呟《つぶや》きに、エンデアがにっこりと壊れた笑顔で嗤《わら》った。

「フローラから聞いたわ。貴方《あなた》がこうして〝魔王〟と対峙《たいじ》するのは二度目なんでしょ？

どう？　今の私と、前の〝魔王〟……どっちの方が上？」

「…………」

シドは何も答えない。生まれて初めて玩具《おもちゃ》を買ってもらった子供のようにはしゃぐエンデアを、黙って見つめている。

そして、シドの見ている前で、フローラがエンデアを背後から抱きしめる。

「ようやく……ようやく、お会いできましたね、私の愛《いと》しい主様……」

まるで愛しい恋人でも抱きしめるように。

そんなフローラへ、シドが言った。

「またか」

静かな怒りを孕《はら》ませて、フローラへ厳然と言い放つ。

「また、繰り返すのか。フロレンス」

そんなシドの言葉に。

フローラはほんの少しだけ、驚いたように目を瞬《しばたた》かせて返した。

「あら……どうやら、失われていた過去のご記憶が戻ったようですわね？」

「お陰様でな」

遠い昔の在りし日を見るような目で、シドは静かに続ける。

「ああ、ようやく思い出した。俺の頭の中にかかっていた霧の向こう側にあった記憶……エンデアのその有様《ありさま》を見て、今、ようやく思い出した。

あの時と容姿こそ違えど、お前のそのマナには覚えがあった。

フロレンス……お前は、また繰り返すわけだな？　今度はその子《エンデア》を使うのか……アルスルの時のように」

「……えっ？」

シドの意味不明の言葉に、隣のテンコが目を瞬かせる。

「…………」

フローラは答えず、にこやかにシドへ笑みを向け続けるだけだ。

「させないぞ、フロレンス」

「あら？　今の貴方に何ができるのでしょうか？　シド卿」

〝それを語るのは言葉ではなく剣だ〟。

そう言わんばかりに、シドが黒曜鉄の剣を抜き──その刀身に壮絶な稲妻《みなぎ》を漲らせる。

そして上空のフロレンスに向かって斬りかからんと、全身に力を溜《た》め始めた……まさにその時だった。

世界をさらなる重圧が襲った。

「……ッ！」

あのシドが跳躍を断念し、その場から飛び下がるしかなかった。

いつの間にか、エンデアとフローラの前に、二人の騎士の姿が浮かんでいたのだ。

一人は、黒の全身鎧と外套《マント》、兜《かぶと》のバイザーに十字傷が刻まれている暗黒騎士だ。その全身鎧の全体的な意匠も、どこか獅子《しし》を思わせる。

もう一人は、黒の全身鎧と外套《マント》の暗黒騎士だが、その兜の額部分には一角獣のような角がある。全身鎧の意匠もどこか駿馬《しゅんめ》のように洗練されていて美しい。

二人とも、フルフェイスであるため、その顔や表情は窺《うかが》い知れない。

シド＝ブリーツェやリフィス＝オルトールを思わせる、絶対的な存在感と絶大なるマナ圧に、その場の誰もが恐怖する。

最早《もはや》、言わずともわかる。

その二人は、伝説時代の騎士。シドに匹敵する強大な騎士なのだと。

そして──

「あ、あ、あの騎士は……ッ⁉」

十字傷の刻まれた騎士を見た瞬間、テンコの顔色が変わった。その顔色が寒さ以外の何かによるもので真っ青になり、全身がガタガタと瘧《おこり》のように震え出す。

過呼吸になりながら、震える手で何かを躊躇《ためら》うように剣を抜こうとするが、その手には力が入らず、柄《つか》をかきむしるだけ。

それでも、テンコは己の誇りにかけて己が魂《ウィル》を叱咤《しった》し、叫んだ。

私を見ろと、言わんばかりに叫んだ。

「その十字傷ッ！　お前は、あの時の……ッ！　あの時のぉおおおお──ッ！」

だが。

「お迎えに上がりました、陛下。フロレンス殿」

十字傷の騎士は、そんなテンコなど眼中になかった。

その存在に気付いてすらいなかった。

それも当然、竜の足下で蟻《あり》がどれだけ全力で鳴いても、その声が竜に届くあろうはずもない。

十字傷の騎士にとって、テンコとはそういう存在であった。

「あら、ご苦労様。獅子卿、一角獣卿」

案の定、フローラ達はテンコなどまるで蚊帳《かや》の外で会話を始める。

「主君。語悲願の達成、喜び申し上げます」

「うむ。ご立派になられましたな。かつての我が主君に負けずとも劣らぬ器ですぞ」

「ええ、本当に立派よ、私の可愛《かわい》い主様」

「あら? 本当に？」

「後は——至高の王として、貴方がこの世界の頂点に立ち、この世界に真なる安寧と静寂をもたらし、永久に統《す》べるのみ。ですが——」

そこまで言って、フローラがシドを流し見る。

獅子卿と一角獣卿も、シドを流し見る。

「かつて、我らが敬愛する主君ですら成し遂げられなかった覇業――それを拒んだ張本人がここにいますな」

「我らを裏切り、主君を裏切り、あまつさえ剣を向けた許されざる騎士。大罪の騎士」

「《野蛮人》シド＝ブリーツェ」

「…………」

シドが無言で、連中の視線を一身に受け続ける。

「ふっ……その不敬なる目……あの時も、今も、貴様は我らが主君の真なる覇道を阻《はば》む……そうだな？」

「語るに及ばず」

ようやく出たシドの言葉は、短くも絶対的な信念に固められていた。

「何故に？」

「それが俺の騎士道ゆえに」

一角獣卿の言葉に即答するシド。

たちまち侮蔑の感情が、獅子卿や一角獣卿から溢《あふ》れ出る。

「やはり貴様は《野蛮人》よ。一度や二度生まれ変わってもそこは変わらぬ」

「救えませんね。やはり、我らが引導を渡さねばなりません。あえて貴方の言葉を借りて言うのでありますれば……それが我らの騎士道であるがゆえに」

「応よ。存分に道を全うするがいい、かつての友よ」

睨《にら》み合うシド、獅子卿、一角獣卿。

世界最強の三人の騎士が、各々《おのおの》の得物に手をかける。

一触即発の空気が、凍気をさらに凍らせる。

三人だけの世界がそこに出来上がり、誰もがそれを眺めていることしかできない。

そして、テンコは見る。

十字傷の暗黒騎士──獅子卿の視界には、シドしか映っていない。

その視界には、テンコの姿も入っているはずなのに、今、獅子卿の世界にはシドしかいないのだ。

（くっ……眼中にないんですか、私は！　一兵力とすら見なされていない……これじゃまるで敗残兵じゃないですか……ッ！）

テンコが悔しげに歯がみするが、どうしようもない。

そうこうしているうちに、睨み合う最強三騎士の威圧感と存在感、マナ圧が徐々に高まっていき……その場の一同は、始まる激闘の予感に震え上がる。

そして、この黄昏《たそがれ》に吹雪《ふぶ》く崩壊した王都を舞台に、伝説時代の騎士達の戦いが、今始まる……まさにそんな時だった。

「控えなさい。獅子卿、一角獣卿」


厳然とした風格の言葉が、その場を制した。

その声の主は、エンデアだった。

「今宵《こよい》は、私が真なる王としてこの世界に君臨した戴冠式。その言祝《ことほ》ぎの場を無粋な戦いで汚すのは断じて許さないわ」

「……御意」

「出過ぎた真似《まね》を」

エンデアの言葉に、獅子卿と一角獣卿が恭《うやうや》しく一礼し、下がる。

「…………」

シドもここでことを荒立てる気はないのか、大人しく剣を引く。

戦いの予感に震え張り詰めた空気が霧散していく……

そんな中、エンデアがシドへ向かっていった。

「最後にもう一度だけ聞くわ、《閃光の騎士《せんこうのきし》》シド卿《きょう》」

「なんだ?」

「私に仕えなさい。貴方《あなた》の主君にふさわしきはこの私、エンデアただ一人。今ならば、これまでの貴方の狼藉《ろうぜき》を不問にし、我が黒円卓の末席に加えることを許すわ」

「ならば今一度答えよう」

シドが厳然と返す。

「断る。我が今世の主君はただ一人。聖王アルスルにのみ捧《ささ》げし剣と魂《ウィル》、その誓いを破り捨て、今世で仕えることを誓った王は、ただ一人。

アルヴィン＝ノル＝キャルバニア王、ただ一人」

「……そう」

それは、わかっていたという悟りの嘆息か。

あるいは、言ってわからぬ愚かを嘲弄する嘆息か。

はたまた、もう決して自分の手は届かぬことを知った定款の嘆息か。

エンデアが静かに目を閉じ……ただ一つ、深く深くため息を吐いた。

「——であるならば」

そして、シドに背を向けて。

「貴方は偽りの王を仰ぎ、凡愚な騎士道と共に、永久の冬に抱かれて死ね」

そう言い捨てた時。

エンデアの周囲に――不意に闇が蟠《わだかま》る。〝門〟が開く。

フローラが、妖精の道《フェアリーロード》を開いたのだ。

「それではごきげんよう皆様。私達は新たなる王と共に北の魔都へ凱旋《がいせん》し、この世界に高らかに御旗を掲げましょう。

かつて、そうだったように。

北の大地より、この世界の全てが冬の王によって統治され、死と静寂に支配され、世界は一つに統一されるのです。

そう、新時代たる永遠王朝の開闢《かいびゃく》――〝冬の世紀〟の始まりです」

その場の者達は、フローラが何を言ってるのかわからない。

結局、何がしたかったのかすらわからない。

ただ一つ、本能的にわかることがある。

この異常なまでの寒波と吹雪、暗闇が、それを予感させる。

もう二度と、この世界に生命の息吹《いぶき》が溢れる春の訪れはありえない。

この世界を閉ざすのは永遠に暗き、寒き、死なる冬。

世界の――終わる時。

そして、一同の見ている前で、フローラが、獅子卿《しし》が、一角獣卿が、エンデアが、開かれた妖精の道《フェアリーロード》の門の中に消えていく。

そんなエンデアへ、アルヴィンはさらに激しく痛む頭を押さえて、手を伸ばす。

「ま、待って……エルマ……ッ！」

途端、エンデアが背中を向けたまま、足を止める。

しばらくの間、エンデアは無言を貫き、やがて。

「……さようなら、アルマ姉様」

何かと決別するように、そう言い捨てて。

一度たりとも振り返らず、エンデアは門の奥へと消えていく。

エンデアが消えた瞬間、闇が閉じる。

そこには、最初から何もなかったかのような虚無しかない。

ただ、辺りを異常なほどに吹《ふ》き荒《すさ》ぶ吹雪と冬が、全て事実であったことを物語る。

「……エルマ……わ、私……は……」

そして、ついに力尽きたのか。

アルヴィンは頭を抱えながら、そのまま、がくりと膝をつき、気を失うのであった。

「アルヴィン⁉　アルヴィン！　し、しっかりしてくださいっ！　アルヴィン！」

慌てて駆け寄るテンコの声も、もうアルヴィンには届かない。

騒然し始める周囲。

「アルヴィン！」

「しっかりしてくださいまし！」

「王子様ぁ！」

ようやく金縛りから脱したブリーツェ学級《クラス》の生徒達……クリストファー、エレイン、セオドール、リネット、ユノ達が、アルヴィンの元へと駆けつける。

その一方──

「…………」

シドはエンデアが消えた先を、じっと見つめていた。

そして、誰へともなく呟《つぶや》いた。

「ようやく……理解した。俺がこの世界に呼び戻された意味を。お前が、俺をこの世に繋《つな》ぎ止めた理由を」

そして、シドは己の右手の甲を見る。

「いいだろう、アルスル。お前から受けた大恩を思えば、この程度、どうということはない。俺の……最後の仕事だ」

シドの右手の甲には、シドとアルヴィンを霊的に繋げる騎士の紋章がある。

だが、その紋章がほんの少しだけ、薄くなっているのであった——

幕間

どうして、今まで忘れていたんだろう？
僕には……私には、確かに双子の妹がいた。
それは、私がまだまだ小さい頃の話。
アルヴィンではなく、アルマだった頃の話。
テンコが私のところにやってくるよりも、さらに昔の話。
物心ついた時には、妹はいつだって私と共にいた。
双子とは、この世界に生を受けた魂《ウィル》を、半分に分かち合った存在だという。
ならば、私と妹は一身同体。互いに自分自身も同然であった。
でも、一体、何が二人を分けたのか。
何が、アルマとエルマに分けたのか。
片や陽光温かな光に祝福されて。
片や暗く冷たき闇に抱擁されて。

運命はかくも残酷に、己が半身達を引き裂いた。

どうしてこんなことになってしまったのか——……

「姉様っ！　アルマ姉様っ！」

名前を呼ばれて、私ははっと顔を上げる。

そこは——いつも、私がこっそりと入り浸っている場所。

私と、父様と、湖畔の乙女の巫女《みこ》長様以外、誰も知らない場所。

キャルバニア城の、とある塔にある秘密の部屋。

当時の巫女長様は『その秘密の部屋は半異界なため、限られた人間以外、誰にも場所がわからない』……とか言っていた気がするが、詳しいことはよくわからない。

気付けば、互いの吐息が感じられるほどの至近に、私とまったく同じ顔があった。

「エルマ……」

私はその妹の名を呟く。

私の半身、双子の妹の名前は——エルマ。

同じ顔、同じ髪の色、同じ目の色、同じ肌の色、同じ体格、同じ声。

何もかもが鏡映し、生き写しのその存在。

唯一二人を区別するものと言えば……私は、この頃から男の子の格好を強要され、逆にエルマは見るも粗末な衣服を纏《まと》わされていたということだ。

幼い私には、理由などわからなかったが……エルマは、この秘密の部屋にずっと閉じ込められていた。

部屋を見渡せば、ベッドに机、椅子、洋服棚……必要最小限の家具や調度品しかない。

絨毯《じゅうたん》はなく、冷たい石肌の床や壁。堅い鉄格子《てつごうし》が張られた窓を通して見渡せる、遥《はる》か遠い王都と遠い山々の稜線《りょうせん》だけが、外界との唯一の接点。

……まるで牢獄《ろうごく》だ。

私にとっては、ここは止まり木のようなもの。自由にここと外とを行き来できるのに、エルマにはできない。

不思議な力によって、エルマが外に出ることは許されていない。

この狭苦しいわずかな空間が、エルマの世界の全て。

だが、普通の子ならば、おかしくなりそうなほどに息が詰まりそうなこの世界にありて
――

「どうしたの？　姉様。お顔が暗いよ？」

エルマは、いつも笑顔だった。

「あっ！　ひょっとして姉様……疲れちゃってた？　そうだよね、姉様は……えーと、〝王様〟？　に、なるために、いつも忙しいんだよね？

ごめんね、姉様……疲れているのに、いつもエルマのところに来てくれて……」

そして、エルマは優しい子だった。

エルマに課せられた、あまりにも理不尽すぎる境遇。

エルマがこの世界を呪って、恨んでいても、まったく何もおかしくない。

だというのに、エルマはそんな自分より、私のことを気遣ってくれる、本当に優しい子だった。

「私は大丈夫……私よりエルマの方が辛《つら》いでしょ？」

「ううん、私は大丈夫。だって、姉様がいるもの」

一片の曇りもなく、そう笑うエルマ。

私はそんな健気《けなげ》な妹の姿に、思わずたまらなくなって、抱きしめる。

「……姉様？」

「ごめんね……本当にごめんね……」

どうして……巫女長様は、エルマにこんな酷《ひど》いことをするんだろう……？

いくら、エルマをここから出してあげてって言っても、巫女長様、全然、聞いてくれない……とても怖い顔で怒るの……

父様も……とても哀《かな》しそうな顔で、何も言ってくれない……」

「……大丈夫……私は大丈夫だよ……私なんかより、姉様のほうがずっと大変でしょ？

だって、姉様は女の子なのに……男の子として、ずっと生きていかなきゃいけないなんて……そんなの……辛すぎる……」

「エルマ……」

「私、あの巫女長様、大嫌い……私をここに閉じ込めて、姉様に男の子の格好させて……本当に、本当に、大嫌い……」

「エヴァ様のこと、悪く言っちゃ駄目だよ……きっと、何か考えがあるんだよ……」

「知らないもん……そんなの、知らない……」

「…………」

「…………」

しばらくの間、私達は互いの境遇を思い、抱きしめ合い、慰め合う。

……やがて。

「……楽しいお話しよっか。いつもみたいに」

私は気を取り直して、エルマを放し、そう提案する。

そう、私とエルマがこうしてこの秘密の部屋で邂逅《かいこう》できる時間は短い。
一秒だって無駄にはできないのだ。
せめて少しでも楽しい一時を共に。それが今の私がエルマにできる唯一のことであり
……この理不尽なる世界に対するささやかな抵抗だったのである。
「うん、そうだね、姉様」
「じゃあ、なんのお話しようか？　そうだね……」
私はエルマに話す内容について、考えを巡らせる。
エルマは物心ついた時から、この部屋に閉じ込められていて、外の世界のことを何一つ
知らない。
だから、少しでも知れるよう、私は外で経験した様々なことを話すようにしていた。
だが、最近、外の世界の出来事よりも、エルマの中で唯一無二の興味対象というか、流
行がある。
それは――
「じゃあ、姉様！　また、あのお話してよっ！　《閃光《せんこう》の騎士》様のお話っ！」
そう、エルマが一番大好きな話は、《閃光の騎士》シド＝ブリーツェ卿《きょう》の伝説であった。
それも、この部屋に申し訳程度にある本……一般的に流布《るふ》する《野蛮人》シドとしての

逸話ではない。

王家秘伝の、真なる英雄騎士たるシドの物語。

代々王家の一族にのみ伝わり、私が父上から口伝で教わったシドの武勇伝。

それがエルマの大のお気に入りだった。

「あはは……また、シド卿のお話？　エルマは本当にシド卿が大好きだね？」

「うんっ！　だって格好いいもんっ！　すごいもんっ！」

先ほどまでの暗い顔はどこへやら。

たちまち、花咲くような笑顔を見せるエルマ。

だが、考えてみれば、それも当然だ。

父様から伝えられた《閃光の騎士》シド＝ブリーツェの伝説は……だって、私が大好きなのだから。

ならば、私と魂《ウィル》を分けた半身であるエルマだって、大好きになるに決まっている。

私が、物語の中のシド卿に当時から恋していたように。

きっと、エルマも物語の中のシド卿に恋をしていたのだと思う。

「じゃあ、今日は、シド卿のどのエピソードにしようか？」

「ドラゴンとかいう、とても大きくて怖い魔物を退治するやつ！　そして、塔の上に幽閉されていたお姫様を助け出す話がいいっ！」

「わかったよ……じゃあ、今日はそのお話をしようね」

こうして。私は限られた時間の中でシド卿の物語を語った。


とある悪い国の王様。

巨大な竜を操り、他の国々を、民を苦しめ、お姫様を攫《さら》って幽閉していた。

だが、そこに颯爽《さっそう》と現れたる正義の騎士、シド卿。

正しき王、アルスルの下命を受け、民を救うため、姫を救うため、その剣を振るう。

その剣に漲《みなぎ》るは正義の稲妻。

その勇猛果敢な戦いぶりは、まさに〝閃光〟。

悪い国の兵士や騎士達を退け、一騎打ちで竜を打ち倒し、悪い王様をやっつける。

そして――ついに閉じ込められた姫を助け出した。

されど、シド卿は、誰にも、何も見返りを求めることなどない。

ただ、己が信じる騎士道に殉じるのみ――……

それは……全て、父様から教えられた物語そのままだったけど。

やっぱり、何度エルマに語り聞かせても、シド卿は格好いい。

エルマはうっとりと聞き入っていたし。

私も思わず陶然として、語りにいつも以上に熱が入る。

その時、私とエルマは時を超え、まさにその伝説時代の世界の中にいた。

眼前に広がるは、ただの妄想、想像とも思えない、リアルな光景。

私とエルマは、《閃光の騎士》が剣を振るって大活躍する光景を、一緒に手を繋《つな》いで、一緒に夢中になって見守っていたのだ――……


～～～。


「はぁ～～……やっぱり、シド卿格好いいなぁ」

やがて、私の語りが終わって。

想像世界を彷徨《さまよ》っていた意識が現実に帰還すると共に、エルマはうっとりとため息を吐いていた。

「うん、本当に騎士の中の騎士だよね……」

「うんうんっ！　シド卿は絶対、嘘《うそ》吐かないんだもん！　やると言ったら本当にやる！

それがどんなに困難でも、命がけでも！」

「〝騎士は真実のみを語る〟？」

「そう！　そう！　きゃーっ！」

顔を真っ赤にして、楽しそうに大騒ぎするエルマ。

よっぽど物語の中のシド卿のことが好きらしい。当然、私もわかる。

「ああ……今の時代にも、シド卿みたいな騎士がいてくれたらなぁ……」

「そうだね……」

やがて、徐々に興奮が冷めてきたのか、エルマが寂しげに微笑《ほほえ》む。

所詮、シド卿は物語の中の存在だ。

《野蛮人》にしろ、《閃光の騎士》にしろ、どちらがシド卿の真実だったのかは、わからないが。

シド卿について確実に言えることは……すでにとっくの昔に亡《な》くなった、伝説時代の人間であるということ。

決して会えない、物語の中だけの登場人物であるということだ。

「シド卿がいてくれたら……姉様が王様になった時、きっと姉様を傍《そば》で支えてくれるだろうし……閉じ込められている私のことだって……きっと……」

「…………」

思わず押し黙ってしまう。

そして、先ほどまでの高揚が一気に冷め、哀しくなっていく。

その言葉に、妹の本心と運命があった。

そう。決してあり得ない奇跡の妄想。

物語の中の登場人物に救いを求めてしまうほどに。

今のエルマに救いは、そして未来は、まるでなかったのだ。

いくら私が気を遣って、こうして少しでもエルマの寂しさや辛さを和らげようと、足繁《あししげ》くエルマの元に通ったとしても、まさに焼け石に水。

エルマは、私の前で笑顔を崩さぬまま。

密《ひそ》かに、静かに、絶望していたのだ。絶望するしかなかったのだ。

だから——

「希望を捨てないで、エルマ」

私は、エルマの手を取り、必死に訴えかけた。

「私、いつか絶対、立派な王様になる！　そうしたら、エルマをこんなところから連れ出してあげる！　誰にも文句は言わせない！

私が……私がエルマを助けてあげるからっ！　約束する……っ！」

エルマは、そんな私をしばらくの間、目を瞬《しばたた》かせながら見つめて。

やがて。

「……姉様ったら……まるで、シド卿みたい」

目尻に涙を浮かべて笑うのであった。

「〝騎士は真実のみを語る〟？」

「そうだよっ！　〝騎士は真実のみを語る〟のっ！」

「でも、姉様は騎士じゃなくて王様じゃ？」

「い、いいのっ！　えーと、確か、この国の王様は、騎士王？　だったかな？　とにかく、王であって、騎士でもあるっぽいから！」

そう言い合って。

二人でひとしきり、照れやら、涙やら、色んな感情をごちゃまぜにして、笑い合って。

「ありがとう、姉様……私に優しくしてくれて」

「エルマ……」

「私、待ってる……ずっと、待ってる。いつか、姉様がこの鳥籠から、私を連れ出してくれること……ずっと……待ってる……信じているから……」

――――。

そんな幼き、あまりにも幼き日々の想《おも》いと決意。
いつか、エルマを救うために。
立派な王様になるために。
大勢の人前で女の子であることを隠し、辛《つら》く厳しい修業の日々に耐える日々。
そんな日々の辛さを、エルマとの一時で癒やし、慰め合う日々。
掛け替えのない、僕の半身――……
そんな日々が終わりを告げたのは――あまりにも唐突だった。

「死にました」
「えっ？」

ある日、いつものように、人目を忍んでエルマの秘密の部屋に向かっていた時。

突然、僕の前に現れた当時の巫女長《みこ》――エヴァ様が、唐突にそう告げた。

「申し上げましたでしょう？　エルマ様は、先刻死にました。病気です」

「……今、なんて？」

あまりのことに、しばらく言葉の意味がわからなかった。

だが、やがてその言葉を否応《いやおう》なく脳が徐々に理解して――

「嘘だッッッ！」

僕はみっともなく否定するしかなかった。

「エルマが死んだなんて……そんなの嘘だッッッ！」

「ああ、もう……大声出さないでください。エルマ様の存在は国の最高機密なのです。誰かに聞かれたら――」

「病気だなんて信じられるかっ！　つい一週間前まで……一週間前まで、元気に笑っていたんだぞ⁉」

確かにこの一週間、王子としての教育が色々と忙しく、エルマに会いに行くことが出来なかったが。

そのたった一週間で、エルマが急逝したなど到底信じられなかった。

この目で見るまで到底信じられない。

「エルマ！　エルマッ！」

僕はわめき散らして、エルマの部屋へと駆け出す。

だが、そんな僕の腕を、エヴァが摑《つか》んだ。もの凄《すご》い力で摑んで引き留めて。

「何度も言わせないでください……エルマ様は亡くなられたのです」

「放せ！　放してくれ！」

僕は、腕を摑んでくるエヴァを見る。

すると、妙なことに気付いた。

「……え？　エヴァ……？」

何か様子がおかしい。

あのぞっとするほど美しく気高い湖畔の乙女達の長——巫女長エヴァが、なぜか妙に衰弱しているのだ。

まるでエヴァこそ死病の淵瀬《ふちせ》にあるのではないかと疑うほどに、息が荒く、その身体《からだ》にはぞっとするほど熱がない。まるで死人、死にかけのよう。

だというのに、僕の腕を摑む力だけは凄《すさ》まじい。

まるでそれは……最後に激しく燃える命の灯火《ともしび》であるかのように。

「よかった……貴女《あなた》は……どうやら、本物のアルマ様のようですね……」

「は？　一体、何を言って……？」

「まさか、私がこんな手に欺《だま》されるなんて……ああ、全て……全てが間違いでした……全て、私の甘さが招いたこと……」

そして、エヴァの目には僕が映っていない。

何か意味不明なことを、うわごとのように繰り返すだけだ。

「あの日……アルマ様とエルマ様が生まれたあの日……

あの日に、私は……巫女として……全てを決断せねばならなかった……ッ！　生かしておくべきではなかった……ッ！　口伝通りに……ッ！

だけど……あぁ……アールド様……愛《いと》しい貴方《あなた》がそう望むから……到底、叶《かな》わぬ想いに……私は、間違え……間違えて……ッ！」

「エヴァ……一体、な、何を……？」

「それでも……間違いは……正さなければ……」

がしっ！

あの美しい相貌のエヴァが、まるで鬼神のような表情で、僕の顔を摑んだ。

もの凄い力で、まったく抵抗できない。

「……くっ……ッ!?」

「……アルマ様……忘れなさい……ッ！　忘れなければならない……ッ！　エルマ様のことは……仕方ない……仕方ないのです……ッ！　彼女は災いなのだから──ッ！」

エヴァがぼそぼそと呪文を唱える。

すると、途端、僕の頭の中に、霧がかったような感覚が襲った。

まるで眠気にも似たそれは、急速に僕の意識を刈り取っていく。

世界が暗く。気がどこまでも遠くなっていく──

「……全て忘れるのです……」

「何を……何、を……」

「忘れて……」

「…………」

──────。

ほどなくして、巫女長エヴァ、急死。原因不明。

その後を、僕の世話役だった《湖畔の乙女》の半人半妖精《ニミュエ》、イザベラが引き継ぐことになり。

そして、その頃から、父アールドの病状は徐々に悪化し、テンコを連れてきたのと入れ替わるように……亡《な》くなった。

王家の将来を考えてのブリーツェ学級《クラス》開設の構想も、この辺りから本格的に始動し。

それからは何もかもあっという間で、激動の日々だった。

めまぐるしい変化への対応に忙しく、それゆえに精一杯走り続けることで必死だった。


……だから。


ずっと、気がかりだったのだ。

僕は無我夢中で走り続けるあまり、何か大切なことを忘れていないかと。

何か……零《こぼ》し落としてはいけない大事な物を。

どこかに、零し落としてしまったんじゃないかと。

ずっと──心のどこかに微《かす》かな気がかりがあったのだ──

第二章　光なき世界の光

……寒い。

骨まで凍るほどに、寒い。

その寒さが、彼女の泥濘《ぬかるみ》を漂うような眠りを許さなかった。

「……ん……、う……」

アルヴィンが目を覚まし、ベッドから身を起こす。

周囲の光景には見覚えがある。そこは王家が王都内に保有する、別邸の一室だ。

赤い絨毯《じゅうたん》や、黒檀《こくたん》の洋服箪笥《だんす》、豪奢《ごうしゃ》な机に椅子など、王家の人間が過ごすに相応《ふさわ》しい、品の良《い》い調度品達が並んでいる。

だが、窓は割れ、壁が一部倒壊し、床が部分部分陥没している。

室内に出来た隙間を、布を貼って塞いでいるが、そんなことで吹き込む圧倒的な寒気を防げるわけもない。

暖炉は赤々と燃えているというのに……室内は凍えるように寒かった。

「……ここは……？」

「起きたか？　アルヴィン」

声のした方を振り向けば、そこにはシドがいた。

頭の後ろで手を組み、足を交差させて、どかっとソファに腰掛けている。

「……はい……」

アルヴィンがベッドから降り、布が貼られている窓へと近寄る。

それをそっと取り払い、外の光景を見る。

びゅごおおおおお——……

ただでさえ寒気が忍び込んで来ていたというのに、隔てを除くことで、それは一気に加速した。外を吹き荒れる猛吹雪が、その隙間から室内へ猛然と吹き込んでくる。

真っ白な雪が、室内を舞い上がる。

だが、そんなことには目もくれず、アルヴィンは外の光景に釘付《くぎづ》けだった。

空は分厚く暗い雲に覆われ、辺り一面、白一色。銀世界。

半ば崩壊した王都を、降り積もる雪が覆い尽くし、吹雪が蹂躙《じゅうりん》する世界。

今の時分は温かな陽光と命の息吹溢《いぶきあふ》れる春のはずなのに、まるで真冬だ。

いや、真冬とて、ここまでは酷《ひど》くないだろう。

それはまさに、あらゆる命の生誕を拒絶する、死の冬の祝福だった。

「…………」

アルヴィンはそんな変わり果てた王都の光景を見て……静かに嘆息した。

「やっぱり……あれは夢じゃなかったんですね。エルマが……私の双子の妹が……この国を、こんな風にした」

「その通りだ」

シドが立ち上がった。

「行くぞ、アルヴィン。皆、お前を待っている」

「……え？」

「まずは、状況確認だ。お前がこれから王として何を決断するのか……いずれにせよ、全てはそれから始まる」

「…………」

こうして。

シドに促され、アルヴィンは部屋の外に出る。

そして、半ば崩壊した屋敷《やしき》内の廊下を、大広間へ向かって歩き始めるのであった。

――――。

大広間には、即席の会議場が開設されていた。

そこには、キャルバニア宮廷の各大臣、キャルバニア妖精騎士団の各騎士団の団長代理……バーンズ、アイギス、カイム。

《湖畔の乙女》の巫女《みこ》長イザベラ、その補佐官、リベラ達。

キャルバニア王立妖精騎士学校の教官、クライス、マリエ、ザック。

そして、有力な騎士候補生達……テンコやルイーゼなども居る。

これから国家存亡の危機についての会議が行われるというのに、騎士叙勲前の学徒達まで列席させられる辺り……現状の困窮がありありと物語られていた。

この部屋も暖炉が赤々と燃えているが、やはり震えるほどに寒い。

壁や天井に大きな亀裂があり、その塞ぎきれない隙間から、寒気が容赦なく忍び込んできていた。

「それでは早速始めましょう」

アルヴィンが所定の席に着くと、イザベラの音頭《おんど》で会議が始まった。

「率直に言ってしまえば……事態は最悪ですわ。この国は……いえ、世界は滅びます」

いきなり希望も何もないことを聞かされ、一同がざわめく。

「オープス暗黒教団の大魔女フローラ、そして、北の魔国の盟主……いえ、今はあえてこう呼びましょうか。魔王エンデア。

彼女達は、先の聖霊降臨祭の儀式を乗っ取り、光の妖精神《エクレール》への祈りを、闇の妖精神《オープス》への祈りへと書き換えていました。

そうすることで、恐らく王都と城が、その裏側に封じていた〝何か〟を解放することに成功したようです。

それが一体、何なのか？　なぜそんなものが王都と城の裏に封印されていたのかは、恐らく前巫女長エヴァ様ならば知っていたはずですが……すでに故人の上、その口伝が絶えた以上、残念ながら、もう我々には知り得ません。

ですが、その〝何か〟を、エンデアがその身に取り込むことによって、とある古《いにしえ》の禁呪が発動してしまったことだけが、厳然とした事実です。

そして、それが──今、この国を覆う【黄昏の冬《たそがれのふゆ》】と呼ばれるものです」

イザベラが窓の外の白い光景を通し見て、呻《うめ》くように言った。

「この【黄昏の冬】の力は単純明快です。〝世界に冬をもたらします〟。

ただし、〝永遠〟なる冬です。そして、それは〝絶対的〟な極寒地獄の冬です。

この【黄昏の冬】が訪れたが最後……世界に命芽吹く春、命輝く夏、実り多き秋は、永遠に、絶対的に訪れることはありません。

この世界が終わるまで冬です。

否、この世界から全ての命が一つ残らず消え去り、世界が終わった後も冬です。

永遠に、永久に、絶対的な冬が、この世界を支配します。

人や動物はおろか、マナは凍《い》てつき、妖精や精霊すらも、やがて死に絶える。

そして、この凍てつく冬によって奪われた全ての命が、凍《こお》れる亡者《もうじゃ》と成り果て、とある一人の王に傅《かしず》くことになりましょう。

即《すなわ》ち、この冬の支配者たる王──〝魔王〟の膝下に」


「「「…………」」」


瞬時に絶望が、その場を支配していた。

考えれば考えるほど、希望はなかった。未来も見えなかった。

古来、何がもっとも多くの人間を殺してきたか？

それは疫病か？　飢饉《ききん》か？　戦争か？

否——答えは〝冬〟だ。

冬の寒さは、あらゆる命を否定する。

生物から体温を奪い、食糧を奪い、そして容易に命を奪う。

冬に強い生物もいるが、それは春の訪れまで〝耐え抜く〟、〝やり過ごす〟ことを前提とした性質だ。永遠に冬の世界で生きられる生物など、この世に存在しない。

雪景色の情緒を人が楽しめるのは、それを耐え凌《しの》ぐ文明と文化があるからこそ。

古来、冬とは絶対的な死の象徴なのだ。

「伝説の通りならば……まだ、【黄昏の冬】は始まったばかり。

情報によれば、この冬はまだキャルバニア王国全土を覆っているだけであり、寒気もいつもの真冬より幾ばくか強い程度です。

ですが……これからゆっくりと。時間をかけて。

冬はこの世界全土に広がり、覆い尽くしていき……そして、雪や氷の妖精すら凍てつくほどの凍結地獄が形成されるまで、凍気は際限なく強くなっていくことでしょう。

そこまで行かずとも、この寒さはすでに人を容易に殺します。

このままのペースで行けば、一ヶ月もしないうちに、キャルバニア王国の全ての民が、凍死することでしょう。

この国は……世界は、今、存亡の危機に立たされているのです」

「そ、そんな……」

「それでは……まさに、伝説時代の……〝魔王の降臨〟ではないか……ッ⁉」

誰かの呟《つぶや》きに、一同が押し黙る。

そう。

この状況は、伝説で語られるとある言い伝えに酷似にしている。

それこそが〝魔王の降臨〟。伝説時代最大最悪の災厄。

そして、今までずっと押し黙っていたシドが、このタイミングで口を開いた。

「そうだ。あの時もそうだった」

「シド卿《きょう》……？」

「俺が騎士として荒野を駆け回っていた伝説時代……ある時、突然、魔王がこの世界に降臨した。

魔王とは、闇の妖精神《オーブス》に魅入られし、冬の魔人。

俺達が崇《あが》め奉《たてまつ》る光の妖精神《エクレール》の永遠の宿敵……世界を憎み、滅ぼそうとする闇の妖精神《オーブス》の寵愛《ちょうあい》を受けし、代行者だ。それゆえに、魔王はこの世界を死の冬に閉ざす。この世界を終焉《しゅうえん》へと導く……そういう存在だ。

伝説時代のあの時も、魔王が起こした【黄昏の冬】が、この世界を覆った。多くの人間が冬に抱かれて死んだ。恐らく……今に語られる伝説の通りな」

「それで……どうしたんですか？　その時は」

アルヴィンのそんな問いに。

「さあな……どうだったか。その辺り、いまいち記憶が……」

そんな風に、頭を押さえるシドの代わりに。

「……伝承によれば」

イザベラが淡々と答えた。

「その時代は、それまで無数の部族、民族、国家が覇権を激しく争っていましたが……魔王と【黄昏の冬】の前に、誰もが恐怖し、絶望し、膝を折った。

そんな時、王国の始祖、聖王アルスルが立ったのです。

絶望に震える人々を叱咤《しった》し、数多《あまた》の騎士達が集いし聖王軍を率いて……魔王の凍れる亡霊軍と戦いました。

そして、皆で北の魔国に攻め入って……ついに、アルスルが魔王を討ち果たしたのです。

この時代の人間なら、誰もが知っている通りに」

「「「…………」」」


その場をさらなる沈黙が支配する。

イザベラの話は——その場に集う人々に、新たな絶望を刻むに十分だった。

なぜならば、聖王アルスルはもう居ないのだ。

聖王アルスルの膝下に集う、精強なる最強の騎士達はもう居ないのだ。

今は物語の中だけにしか、彼らは存在しないのだ。

もうすでに、この場の多くの人間が理解している。

シドという存在が証明している。

伝説時代の人間と違い……現代の人間は比べ物にならないほど弱いのだ。

伝説時代には、数多くの英雄達がいた。

聖王アルスル、《紅蓮《ぐれん》の獅子《しし》》ローガス＝デュランデ、《碧眼《へきがん》の一角獣》ルーク＝アンサロー、《蒼《あお》き梟《ふくろう》》リフィス＝オルトール。

そして——《野蛮人》あるいは《閃光《せんこう》の騎士》シド＝ブリーツェ。

その他にも、伝説時代の物語群を繙《ひもと》けば、今では信じられないほどの偉業と活躍を為《な》した、様々な名有りの騎士達がゴロゴロいた。

当然、現代の誰もが、それは伝説故に盛られた逸話だと思っていた。

だが――シドという現代に蘇《よみがえ》った伝説時代の騎士を見るに、それらは全て事実。

伝説は正しく、伝説だったのだ。

ならば、伝説時代では名もなき末端の騎士ですら、この時代の騎士の最強クラスの実力を持っていた……ということになる。

著しく弱体化してしまった騎士団。著しく弱体化してしまった人類。

何より、人類史上もっとも偉大なる王はすでにいない。

ならば――一体、どうして、人が魔王に、北の魔国に立ち向かいできよう?

だが、そんな弱気と絶望に包まれる一同を前に。

「ならば、余らがやるべきことは決まった」

ただ一人、凜《りん》と御旗を掲げ、立ち上がる者がいた。

アルヴィンだ。

「今すぐキャルバニア王、アルヴィン＝ノル＝キャルバニアの名に於《お》いて挙兵する。今の王国が許す総戦力を挙げて、北の魔国へ攻め上ろう。そして──エンデアを……」

その一瞬。

アルヴィンは、ほんの少しだけ苦悩に満ちた感情を顔に浮かべて。

すぐにそれを王の顔で覆い隠し、厳然と言い放つ。

「魔王エンデアを──討つ。これは聖戦である」

ざわり……と。

その場に、困惑と動揺が走った。

そう。無い物ねだりをしていても仕方ないのだ。

聖王アルスルはいないし、彼に付き従った英雄達も過去の存在。

だが……今の弱体化しきった人類が、騎士団が、到底、再降臨した魔王とその軍勢に太刀打ちできるはずがないのも理解できる。

「シド卿。余についてきてくれるな？」

「御意」

「イザベラ。北の魔国攻略の策を立てる。協力せよ」

「……はっ。全身全霊で」

「大臣達。今すぐ戦の準備だ。周辺各国に援軍要請と、民達に――……」

アルヴィンが、テキパキと各方面に王命を飛ばし始める。

だが、その時だった。


「そんなの無理だッッッ！」


不意に、否定の叫びが大広間に響き渡った。

しん……外の吹雪の音に染《し》み入るように、その音が消えていき、場が静寂する。

一同の視線が、立ち上がって叫んだその人物へと集まっていく。

それは――キャルバニア妖精騎士団、赤の騎士団のバーンズ＝デュランデ卿。

先のウォルフ皇子の一件で、帝国側について裏切ったデュランデ公の息子……亡《な》き父に代わり、代理団長を務める特級騎士。

天騎士決定戦で、大衆の面前でシドにこっぴどく敗北を喫した騎士である。

「……無理、とは？」

アルヴィンはそんなバーンズを静かに見つめる。

「言葉の通りだ……そんなことは無理に決まっている！　アルヴィン王子の指揮で軍を再編し、北の魔国に攻め上って魔王を倒す……そんなことは絶対に無理だと言っているッ！」

アルヴィンはしばらく沈黙し、やがて決然と答える。

「貴公らが余に剣を捧《ささ》げられぬことは、わかる。先のウォルフ皇子の一件では、余の不徳と至らなさにより、貴公の父母ら……三大公爵達をみすみす喪《うしな》う失態を演じてしまった。

それにもまして、余は女。

貴公が余を王と認められぬことは、わかる。

だが、今は国難の時、世界の危機。こうしている間にも、貴重な時は出血し続け、世界は死への秒読みを始めている。

今、この時ばかりは過去全ての遺恨や蟠《わだかま》りを捨て、魔王打倒のため、共に手を取り合うべきではないか？」

「違う、そうじゃない……いくら俺達だって、この期に及んで権力闘争や恨み言を言うつもりもないし、言ってる場合でもないことはわかる……」

「……もっと……根本的な問題がございますわ……」

絶望的な顔で呻《うめ》くバーンズにそう続けたのは、アイギス＝オルトール……青の騎士団団長代理。デュランデ公と同じく先の事変で亡くなったオルトール公の娘だ。

「根本的な問題？　どういうことだ？」

「お気づきなりませんか？　貴公が持つ妖精剣の異変に」

さらに、緑の騎士団団長代理にて、先の事変で亡くなったアンサロー公の息子……緑の騎士団団長代理、カイム＝アンサローがそんなことを言う。

「……妖精剣……？」

アルヴィンが、己の腰に差した妖精剣の柄《つか》を握る。

何かが変わっているような気配は感じられない。

だが、その場の一同は、それこそが最大の問題であり、絶望であると言わんばかりに、口を噤《つぐ》んで俯《うつむ》いてしまう。

一体、どういうことだとアルヴィンが訝《いぶか》しんでいると。

「起きたてのお前がわからないのも無理はないさ」

その疑問にシドが答えた。

「今、王国の妖精騎士達が持つ妖精剣は……その力をほとんど失った」

「な、……なんだって⁉」

妖精剣。古き良き隣人達《グッド・フェロー》が、人のためにあれかしと剣へ姿を変えた妖精達。

身体能力強化に治癒能力、そして魔法。妖精剣は妖精騎士に多大なる力を与える。

妖精騎士が、常人の何倍もの強い力を発揮し、妖魔や暗黒騎士達と戦えるのは、ひとえに妖精剣のお陰なのだ。

逆にその妖精剣が力を失ってしまえば……妖精騎士はただただ無力な人間である。

「それは……本当か⁉」

「ええ、事実です」

目を見開くアルヴィンに、イザベラが答えた。

「恐らく……この世界を徐々に覆いつつある【黄昏《たそがれ》の冬】のせいでございましょう。

妖精とは、この世界に満たされたる原初の生命たるマナ……大地と、海と、空、それら自然界を司《つかさど》る化身。

ですが今、世界は死の冬に覆われ、死につつあります。

世界が死にかけているというのに、どうしてその世界の化身たる妖精達が、力を発揮できましょうか？」

「……ッ！」

考えてみれば、当然の話だった。

光の妖精神《エクレール》の名の下、古の盟約により結ばれた、人と妖精剣の契約。

だが、時代が下るにつれ、人はそれを忘れ、妖精剣をただの便利な武器としてしか認識できなくなったから忘れられがちだが、妖精剣はこの世界に生きている存在なのだ。

世界に死をもたらす静寂の冬の中では、その力は発揮できない……それは言われずともよくわかる。だが……

「解《げ》せない。本当にそうなのか？　本当に妖精剣は力を失ったのか？」

アルヴィンが己が妖精剣を抜き、頭上へ掲げる。

バーンズ達の話が本当なら、アルヴィンの妖精剣も力を失っているはず。

だが──

アルヴィンの妖精剣は、その力をまったく失っていない。

アルヴィンは、その剣から以前と変わらぬ力を感じる。

その刀身はこの死の冬の渦中《かちゅう》にありてなお、命の輝きに満ちていた。

「余は、我が剣から加護と力を感じる。以前と変わらぬ戦いができると思う。一体、なぜ……？」

そこまで言いかけて。

アルヴィンは不意に、一つ思い当たる節に気付いた。

バーンズ達古参の騎士の妖精剣が力を失って。

アルヴィンの妖精剣が力を保っている。

その差。その理由。それは——


「ウィルだ」


——その答えをシドが代弁した。

「ウィルの使い手は、世界から呼吸でマナを集め、己が体内で昇華錬成し、剣に与えることができる。

そうであれば、世界そのものが死んでいく【黄昏の冬】の中だろうが関係ない。問題なく、妖精剣の力と魔法を振るうことが出来る。

剣の使い手が生きている限り、妖精剣も死なない」

ざわ、ざわ、と顔を見合わせる一同。

「何、難しいことじゃない。ちょっと立ち場が逆転しただけさ。

今までは、人が妖精剣に頼りきりだった。

今は、妖精剣が人を頼ってる、それだけの差。

別にいいじゃないか。持ちつ持たれつ《ギブ・アンド・テイク》は良好なる信頼関係の基本だろ？」

含むように笑うシドに、いいわけあるかと怒りのような感情が集まっていく。

こんな場でも、相変わらず人を食ったような態度を崩さないシドに、ちょっと苦笑しつつも、アルヴィンは気を引き締め、静かに問う。

「テンコ。ルイーゼ。今の話は本当だろうか？」

どうして叙勲前の騎士候補生達が、ここに多く呼ばれていたのか。

そんな謎が氷解していくのを感じながら、答えを待つ。

すると、案の定――

「事実です、王子」

テンコが厳かに答えた。

「私達ブリーツェ学級《クラス》のメンバー……要するに、今までずっとシド卿《きょう》の薫陶《くんとう》を受けて、ウィルの鍛錬を絶えず続けてきた者達は、まったく問題なく妖精剣の力を振るえることは、すでに確認済みです」

「いや……幸いブリーツェ学級《クラス》だけではないな」

テンコの言葉にルイーゼも補足する。

「私や、アンサロー学級《クラス》のヨハン、オルトール学級《クラス》のオリヴィアを始めとする、件《くだん》の合宿以来、シド卿にウィルの指導を受けることを望み、習得した者達も妖精剣を使える。

いずれにせよ、ウィルが【黄昏の冬】の影響下での戦いにおける鍵となるのは……間違いないようだ」

そして、その事実こそが、その場に集う一同の絶望の正体であった。

確かに、シドとアルヴィンの活躍によって、キャルバニア王立妖精騎士学校の生徒達の意識は変わりつつあった。

シドの言うとおり、妖精剣に頼りきるばかりじゃ駄目だと、他学級《クラス》の生徒でありながらブリーツェ学級《クラス》の門を叩《たた》く生徒達も増えつつあった。

だが――それをさっ引いても、今、ウィルの使い手はあまりにも少ない。

今まで、国の上層部を支えてきた妖精騎士団はもちろん、妖精剣の剣格に胡座《あぐら》をかき続けてきた上級生達も、ウィルという新しい技を嫌って、受け付けなかった。

剣格がもたらす絶対的な上下関係を揺るがしかねない技――ウィル。

それを受け入れられず、高い剣格の妖精剣が発揮する強大な力の上に胡座をかくことを辞めず、自身を鍛え上げるということを怠り続けていた。

その奢《おご》りと怠慢のツケが、今、ここに回ってきている。

つまり――……

「今は騎士ですらない、一部の従騎士達《スクワイア》しか、まともに戦えないということか……」

「そういうことだ、王子」

我が意を得たりとばかりに。

バーンズが呻き、アイギスやカイムが無念そうに俯く。

その場の集う一同の頭上に重たい空気がのしかかる。

「たったそれだけの戦力で、北の魔の軍勢に勝てるわけがない。伝説時代の騎士シド卿が居たところで、向こうにも同格の存在が何人もいる。

さらには、北の魔国にひしめく凍《い》てついた亡霊軍団と暗黒騎士達……そして、この【黄昏の冬】……最早《もはや》、全世界が束になっても抗する手段はない。

最初から負けているんだよ、この戦は……もう終わりなんだ、何もかも……」

もう話は終わりだ。

そんな自暴自棄で投げやりなバーンズに。

「終わっていない」

アルヴィンが毅然《きぜん》と反論した。

「世界はまだ終わってない。我々はまだ生きている。ならば剣をとって立ち、戦わなければならない。この国の……この世界に生きる全ての人達のためにも」

「貴殿は何もわかっちゃいないんだッ！」

そんなアルヴィンへ、バーンズが、アイギスが、カイムが口々に罵声を浴びせる。

「勝てると思ってるんですか⁉　状況わかってますか⁉」

「我々がまともに戦えないのに、生徒達だけで本気でどうにかなるとでも⁉」

「自惚《うぬぼ》れているッ！　貴公にはシド卿がついているからと、何か夢を見すぎていないかッ⁉　少しは現実を見たらどうだ⁉」

だが。

「シド卿がいるかどうかなんて関係ない」

アルヴィンははね除《の》けるように、強く返した。

「たとえ、余の膝下にシド卿が居ずとも、この国難に余は戦う意思を掲げ、その意思に呼応してくれる者と共に戦うだろう。〝騎士は──真実のみを語る〟」

「「「……………ッ⁉」」」

「どうだ？　この場で余と共に戦ってくれる者はいないか？」

押し黙る一同の中。

「語るに及ばず」

にやりと笑って、そんなことをうそぶくシド。

「私も戦いますよ、アルヴィン。もちろん、ブリーツェ学級《クラス》の皆も同じ気持ちです。いつだって北に発《た》つ準備はできていますッ！」

勇ましく立ち上がり、敬礼するテンコ。

「私も同じだ、王子。いえ、我が主君」

ルイーゼも折り目正しく立ち上がり、アルヴィンに向かって一礼する。

「座して死を待つ、民の死を眺めるなど……我が父の名を汚すような真似《まね》、それこそ死んでも出来ん。最早、派閥も因縁も関係ない。私は貴女《あなた》に剣を捧《ささ》げる」

そして。

「もちろん、俺達も行くぜ、アルヴィン」

「ここで剣を取らずして何が騎士ですか、ですわ！」

「まぁ、僕らの主君は君なわけだし」

「一緒に戦いましょう、アルヴィン！　こ、怖いけど！」

「王子様のためなら、火の中、水の中ですっ！」

クリストファー、エレイン、セオドール、リネット、ユノといった、ブリーツェ学級《クラス》のメンバー達も。

「俺もやる……ッ！　一緒に連れて行ってくれ……ッ！」

「私だって！　落ちこぼれ学級《クラス》が戦うのに、引っ込んでいられないわ！」

アンサロー学級《クラス》のヨハンも、オルトール学級《クラス》のオリヴィアも。

その場にやってきていた、その他の従騎士《スクワイア》達も。

気付けば、シドにウィルを教授され、シドの生き様を肌で感じていた生徒達が、次から次へと絶望的な戦いに向かう意思を掲げた。

だが——裏を返せば。

それだけだ。

「そら見たことか」

バーンズが蔑むように言い放った。

「たった……たったそれだけの戦力で一体、何ができる!?　何を為《な》せる!?　お終《しま》いだ！　もうお終いなんだよ！

伝説時代の英雄を近くで見すぎたせいで、のぼせ上がっているだけだ！

一体、お前達に何ができるッ!?」

「騎士道を為せる」

シドのたったその一言が。

その場の一同を、完膚なきまでに黙らせた。

「騎士なんて、本来、大した存在ではない。王の掲げる道を己が剣で敷き、己が屍《しかばね》で舗装する……ただそれだけの存在だ。

それに何らかの意味を見出《みいだ》し、尊べる酔狂な連中が俺達だ。

金や名誉、名声が欲しければ、傭兵《ようへい》か冒険者にでもなればいい。

そして、戦場で好きなだけ武功を挙げ、偉大なる冒険を為し、好きなだけ妖魔退治でもすればいい。その方がよほど儲《もう》かるし、後世に長く語り継がれる叙事詩《サーガ》に残れる」

「……そ、それは……ッ!?」

「だが、仮初めにもお前達は騎士という生き方を選んだ。

わざわざこんな、割に合わない生き方を選んだ。……なぜだ？」

「…………」

「確かに時代の流れかな？　この時代……目が曇ってる連中も多い。

だが、そもそも騎士という、まったく割に合わないバカな生き方を選択できる……ただそれだけで、性根や魂《ウィル》に何か一本筋が通っているのだと。

騎士という存在の根本は今も昔も変わらないのだと……俺はそう信じたいな」

「………」

気付けば、もうとっくにアルヴィンの眼中に、バーンズらダダをこねている騎士達の姿は入ってない。

アルヴィンは、イザベラに、大臣達に、テンコやルイーゼ達に、次から次へと指示を飛ばし、慌ただしく来たるべき決戦に備え始めている。

「さて、俺も色々と準備を始めるか。ははは、アルヴィン坊ちゃんのお世話は大変だ」

そう立ち上がって、踵《きびす》を返すシドの背中へ。

「俺だって……俺達だって……戦う力があれば……アンタ達みたいに……」

「妖精剣が力を失わなければ……戦う力さえあれば……」

そんな誰へともない呟《つぶや》きが聞こえてくる。

すると、シドは律儀《りちぎ》に足を止め、その場を振り返らずに言った。

「戦えない？　ふむ……俺の目はおかしくなったか？

お前達には、立派な腕が二本あるように見えるし、大地を踏みしめる足が二本あるようにも見える。なら、剣は存分に振れるだろう？」

「騎士道とは生き様だ。……妖精剣の力の有無は問題じゃない」

そう言い残して、シドはそのままその場を立ち去っていく。

そして、最後に部屋を出る前に。

「……ッ！」

「………」

シドは、アルヴィン達を振り返る。

当のアルヴィンは、やはりテンコやルイーゼ達、ウィルを使用可能な従騎士《スクワイア》達や、戦準備をする王家派の大臣達に、テキパキと指示を出している。

早速、テーブルの上に魔国までの地図を広げさせ、戦意喪失した先輩騎士達などそっちのけで、イザベラと共に軍議を開始している。

そして、シドがそんなアルヴィンの姿の、何が一番気に入ったかと言えば。

今、この時、アルヴィンが、シドを見てなかったことだ。

無論、シドを無視しているわけではない。

アルヴィンが見ているのは、自分が上に立って率いるべき仲間達と家臣達。

そして、全員で辿《たど》り着くべき、勝ち取るべき勝利と未来だけ。

それがどんなに那由他の果てにあろうとも、アルヴィンは一人の王として、その遥《はる》か彼方《かなた》を見据えていたのである。

そして、そんなアルヴィンに理解を示し、剣を預け、忠誠を誓う憂国の烈士達。

騎士学校の若者達を中心に、小さくも一つの強固な騎士団が、そこにできあがりつつあったのである。

「人は変われば変わるものだ」

シドはふっと口元を歪《ゆが》ませる。

出会ったばかりのヒナ鳥のような、お坊ちゃんアルヴィンはどこへやら。

もし、あの時のアルヴィンならば、この国難に取り乱し、どうしていいかわからず、何をすべきか迷い、シドやイザベラにおろおろと縋《すが》るような目を向けていたことだろう。

そんな今のアルヴィンの姿は、とある男をシドに強烈に想起させる。

それは、かつてシドがその生涯唯一無二の主君と崇《あが》め、剣を捧げることを誓った王であり、同時にシドの大親友だった男——聖王アルスル。

どこか聖王アルスルの面影を感じさせるアルヴィンの姿に、シドは今、心から安堵《あんど》していた。

「王は育った。騎士も育まれ、国も纏《まと》まった。もう、後顧の憂いはない。

ならば——後は、俺の役目だ。

悪いな、アルヴィン……俺は、騎士の掟《おきて》を……初めて破る」
誰へともなくそう呟いて。
シドはそっとその場を後にするのであった――

――。

――その夜。
シドは騎士達の宿営地を離れ、王都を歩いていた。
吹き荒れる猛吹雪が、シドの身体《からだ》を白く染め上げていく。
だが、まったく気にせず、シドは王都内を歩いて行く。
ざく。ざく。ざく……
シドが雪を踏みしめる音が、吹雪の彼方に押し流されていく。
「…………」
白い。どこを見ても白い。
王都に立ち並ぶ建物の大半が倒壊し、ひび割れ、見るも無惨《むざん》な姿だ。
人々は必死に天幕を張り、簡易的な野外暖炉に火を入れ、身を寄せ合って寒さに耐えるように震えている。

あの質実剛健でありながら、どこか華やかだった騎士達の楽園――王都キャルバニアの景観は、最早《もはや》、見る影もない。

そして、ふとシドの脳裏を過る、懐《なつ》かしい顔と声――

～～～～。

『ねえ、シド卿《きょう》、見てよ』

『これが……僕が……僕達が築き上げた、都だ』

『ご覧よ、シド卿。皆、笑ってる』

『この痛みと悲しみが多い戦乱の世にありて……ここでは、皆が笑っているんだ』

『守るよ。僕は……皆を守る』

『だから、シド。こんな僕に……どうかこれからも力を貸して欲しい……』

～～～～。

「………」

今は雪に埋もれてしまった、在りし日の王都の姿と記憶、懐かしい主君の顔と声。

それらが、崩壊した王都内を歩くシドの頭を、何度も何度もリフレインする。

ざく。ざく。ざく……

シドが雪を踏みしめる音が、吹雪の彼方に押し流されていく。

────。

シドが王都内を歩いて行くと、やがて、城跡地へと辿り着いた。

といっても、そこは完全に更地のがれきの山と化したわけではない。

部分的に構造物は残っており、その様子は全壊というよりは、むしろ半壊と言ったほうが正しいだろう。

シドは、突けば今にも崩れ落ちそうな正面門をくぐり抜け、壊れた跳ね橋を跳躍で飛び越え、城敷地《しきち》内に入る。

そして、半壊した城内部へと足を踏み入れた。

当然、誰もいない。

そして、半分以上の壁が倒壊し、ほぼ吹きさらしの状態なため、城の中だと言うのに雪が降り積もっている。

城壁はほぼ崩れ、尖塔《せんとう》はほぼ全滅と言っていいほど倒壊しているので、目的の場所へ行くためには、大きく道を迂回《うかい》せねばならず、苦労する。

そして、敷地内のキャルバニア王立妖精騎士学校跡地を過ぎる。

この時代に復活したシドが、生徒達と共に多くの時間を過ごした場所。シドにとってはそれなりに愛着のある場所だ。

だが、そこは完全にがれきの山と化しており、見る影はない。

「…………」

完全倒壊したブリーツェ学級《クラス》寮の傍《そば》を無言で過ぎ、城本館内へ。

こつ、こつ、こつ……

吹き込む吹雪の中、足音を響かせて、シドは進む。

所々穴が空いたボロボロの石階段を上っていく。

……やがて、歩を進めるうちに、明らかに周囲の様子が変化した。

同じ城の他の場所と比べて、明らかに破壊が少ない区画があるのだ。

より破壊の少ない方向へ向かって、シドは進む。

そして、シドは目的の場所へ、ようやく辿り着いた。

その場所は、外の冬嵐による風音が寒々しく響き渡りつつも、静謐《せいひつ》な空間であった。

「…………」

その場所は――《湖畔の乙女》の神殿区画。シドがこの世界に復活を果たし、アルヴィンと出会った後、最初に通された場所であった。

いつものように幾本も立つ石柱と数多くのアーチ形で形作られる祭祀《さいし》場があり、奥には祭壇がある。

そして、その祭壇には、この世界の人間達が崇め奉《たてまつ》る妖精達の長……光の妖精神《エクレール》の神像が厳かに建っていた。

そこには一人の人物が、シドを待っていた。

現・《湖畔の乙女》の巫女《みこ》長イザベラだ。

「シド卿……」

「ああ、すまないな。呼び出しておいて、どうやら待たせてしまったようだ」

「い、いえ……私も今、来たところですから」

イザベラがどこか戸惑ったように言う。

「それで……その……私に、話とはなんでしょうか？」

「そうだな。今のお前は非常に多忙だ。手短に済ませようか」

だが、そう言いながら、シドは申し訳なさそうに頭を掻《か》いた。

「だが……、お前に話があるというのは、実は嘘《うそ》だ」

「え？」

「悪いな。お前をダシに使うような真似《まね》をしてしまって」

目を瞬《しばたた》かせるイザベラの前で。

シドは祭壇奥の光の妖精神像《エクレール》をしばらく見上げつつ、

「本当にすまない。今、こいつの依《よ》り代《しろ》になれる者は……恐らく、もっとも強い力を持つ半人半妖精《ニミュエ》のイザベラ、お前しかいない」

そんなことを言って、イザベラへ紋章が刻まれた自身の右手の甲を見せる。

そして、まるでその紋章に語りかけるように、言葉を発した。

「時は来た。古き盟約を果たす時が来た。我が命脈に流れる聖者の血。

その役目を果たす時が来たのだ。

光の妖精神《エクレール》、我が呼び声に答えよ。

《閃光《せんこう》の騎士》シド＝ブリーツェが、汝《なんじ》との契約を果たしに来た。約束通りに」

すると。

シドの掲げる右手の紋章が――やや薄れ、消えかけていた紋章が――輝き始める。

その光の輝きは、閑散とした薄暗い神殿内を照らし……シドの紋章から、無数の燐光《りんこう》が立ち上り始める。

燐光は躍り、渦巻き、やがてイザベラへと寄り集まっていく――

「な、これは……ッ⁉」

「安心しろ。お前に害はない。しばし眠るだけだ」

「え……シド卿……い、一体、何を……ぁ、ぁ、ぁああああああああああああああああああああああああ――ッ⁉」

光の粒子に呑《の》まれていくイザベラが、頭を抱えて、その場に蹲《うずくま》る。

みるみるうちに、変貌していくイザベラの容姿。

カッ！　と世界が白熱し、一瞬全てが白く染まった。

途端、ふわり、と広がる豪奢《ごうしゃ》な金髪。

イザベラの身体を依り代に現れたのは――目も眩《くら》まんばかりに美しい乙女だ。

それは一見、幼い少女のように見えるが、その雰囲気はどこか大人びている。妖精のように可憐《かれん》、天使のように美しく、この世の存在とは思えない。

「…………」

やがて、光が落ち着き……イザベラが立ち上がる。

その金色の目が、シドをじっと見つめる。

身体はイザベラだが、それは最早、イザベラではなかった。

彼女の身体を依り代にこの世界に降臨したのは、もっと高位次元の存在。

そう、彼女こそが。

神話時代、世界から闇の妖精神《オーブス》を退け、姿を消したという——

伝説時代、とある一人の王と盟約を結び、その血の系譜に加護を与えたという——

「光の妖精神《エクレール》」

「…………」

シドの呼びかけに応じず、現れた女——光の妖精神《エクレール》は哀《かな》しげに目を伏せていた。

構わず、シドが続ける。

「すまなかったな。やっと……やっと全部、思い出したんだ。

恥ずかしながら、今の今まで、すっかり忘れていた。

ああ。お前は……ずっと、俺の傍にいてくれたのだな」

シドが自分の右手の甲の消えかけてた紋章を見つめながら、そんなことを呟《つぶや》いた。

「…………」

「どうした？　久しぶりの再会じゃないか。色々互いに積もる話もあるだろう？

まぁ、そんな場合じゃまったくないんだが」

「…………」

「やれやれ。なぜ、何も語ってくれない？」

すると。

ようやく光の妖精神《エクレール》は、伏せていた目をようやく上げ、消え入るように言った。

「……貴方《あなた》に合わせる顔がないんです。シド卿」

「…………」

「それどころか、私はこの世界の人々に会わせる顔すらない。

私のせいで……また、私のせいで、こんな……」

「昨日の嘆きも、今の後悔も贖罪《しょくざい》も、なにより明日があってこそだ」

シドは穏やかに言った。

「今は戦う時。そして、お前の力が再び必要な時だ」

「……ッ！」

光の妖精神《エクレール》が哀しげな顔をシドに向ける。

「貴方は……それでいいのですか⁉」

「……？」

「そもそも……どうして、貴方は、そう私に普通に語りかけてくれるのですか⁉　貴方がその生涯
だって……だって、貴方は……私のせいで《野蛮人》に貶《おとし》められた！　貴方がその生涯をかけて培《つちか》ってきた、誇りを、魂を穢《けが》した！

あまつさえ、私は貴方にこのような残酷な役目を未《ま》だ押しつけている！

貴方は私に対して憎しみや恨み言こそあれど、このように協力する謂《いわ》れはない！　私との古き盟約とて、一方的に破棄したところで、私に拒絶する権利などない！

私は貴方という一人の騎士に対して、それだけのことをしたんです！」

「…………」

「なのに、なぜ⁉　なぜ、貴方はそうまでして——……ッ⁉」

そんな涙混じりの光の妖精神《エクレール》に対して。

シドは、あっさりと、それでいて揺るぎない信念と共に答えた。

「それは、俺がアルスルの騎士であり、アルヴィンの騎士だからだ」

「……ッ⁉」

はっとして息を呑むしかない光の妖精神《エクレール》に、シドは穏やかに笑いかける。

「恨み言？　憎しみ？　どうしてそうなる？　かの伝説時代……俺はお前のお陰で、俺の全うすべき騎士道を、最後まで全うできたんだ。

《野蛮人》？　ははは、俺は元々、悪鬼羅刹の《野蛮人》だったさ。

俺の騎士としての名誉が失われた？　そんなことはない。

俺が後世に《野蛮人》として伝わり、アルスルのやつが聖王として語り伝わっている。

それだけで、俺の生涯をかけた騎士としての名誉は、永遠に守られたも同然だ。

俺は為《な》すべきを為し、果たすべきを果たした。

世界中の人間が俺に後ろ指を指そうが、俺の胸には誇らしさしかない。

後悔はない。そう、俺は俺の生きた道に、何一つ後悔はない」

「貴方という人は……」

光の妖精神《エクレール》が目を伏せる。

「この世界に影響力を及ぼせなくなって久しい私ですが……その紋章を通して、貴方のことはずっと見ていました。

貴方は今の時代に伝わる《野蛮人》の伝説を何一つ否定しなかった。あくまでアルスルに牙を剝《む》いた〝悪〟を演じ続けた。

王家の血から新たな魔王が降臨し、【黄昏の冬《たそがれ》】が発動した今……その気になれば、貴方は全ての名誉を取り戻せるというのに……」

「必要ないな。それに、真実が常に人々を幸福にするかと言えば、そうでもない」

「…………」

「今は、俺の名誉とかどうでもいいことより重要なことがある。

それは……このまま捨て置けば、この世界は滅びるということだ。

俺が、アルスルが、リフィスが、ルーシーが、ローガスが、あの混沌《こんとん》の時代を生きた全ての人間達が守り、今日まで受け継がれてきたものが……全て無残に失われてしまうということだ」

「…………」

「過《あやま》ちは正さなければならない。

だが、この過ちは、この時代を生きる人間達にはまったく関係がない。

今世の魔王となったエンデアですら……ただの哀れな犠牲者だ。

全て、俺達の責任だ。

俺達、伝説時代を生きた人間達の……心の弱さが招いた、負債なんだ。

その責任を取らなければならないのは……取るべきは……俺だ。俺しかいない。

決して、輝かしい未来を摑《つか》もう、羽ばたこうとするこの時代の人間達を巻き込んじゃいけないんだ」

「………」

「だから力を貸してくれ、光の妖精神《エクレール》。再び、俺にもう一振りの剣をくれ。……この時代を生きる者達の明日のために」

「………」

それでも、光の妖精神《エクレール》は苦渋と悲哀の表情を崩さない。

「そのために……貴方という存在が、再び犠牲になったとしても……ですか？」

「ああ、それでもだ」

そうあっさり語るシドの瞳に、迷いは微塵《みじん》もなかった。

「何、大丈夫だ。この世界は、もう俺達の手を離れた。

俺達がいなくなっても、きっと輝かしい未来に向かって歩いて行ける。

そう信じられる王が、信じさせてくれる王が……いるんだ」

「………」

「だから、俺達がやることなんて簡単なことだ。後片付け、後始末。散らかした物は自分達でかたす……子供でもわかることだろう？」

「……決意は……固いのですね」

ついに折れたように、光の妖精神《エクレール》が嘆息する。

「貴方への贖罪のつもりでもあったんです……私という存在を楔《くさび》に、アルスルの血に貴方の魂《ウィル》との絆《きずな》を結びつけたのは」

光の妖精神《エクレール》は、シドの右手の甲の紋章に視線を落としながら、呟いた。

「今は遠き伝説時代……私は、ひたすら貴方一人に残酷な宿命を押しつけてしまった……だから、もしかしたら、あわよくば、いつか遠き未来の世界で。

貴方が幸せに第二の人生をまっとうできれば……そういう想《おも》いもあった。それで、私の罪も許される……そんな虫の良《い》い話などあるわけありませんでした……

結局、私が重ねたのは、貴方へのさらなる罪……」

「ああ。お前にはとても感謝している」

「……ッ！」

その言葉に、光の妖精神《エクレール》はついに覚悟を決めたように顔を上げた。

そして、シドの顔を真《ま》っ直《す》ぐ見つめた。

「わかりました。共に参りましょう、シド卿《きょう》。

私に残された時間も最早《もはや》、後わずかですが……私の力、存在、心……私の全てを貴方に捧《ささ》げましょう」


そう言って。

光の妖精神《エクレール》の姿が、突然、輝き始める。

白く、眩《まばゆ》く、どこまでもどこまでも圧倒的に輝き始める。

するとイザベラの身体《からだ》から、金色の粒子が立ち上り……イザベラの身体が元に戻っていく。

がくりと気を失って崩れ落ちるイザベラを余所《よそ》に、立ち上った目の眩《くら》まんばかりの光の中に、光の妖精神《エクレール》の本来の姿形が一瞬だけ現れて、その輪郭はすぐに溶け消えて。

光はやがて、一振りの剣の形に収束する。


しゃりん……


まるで鈴が鳴るような美しい音。

光が物質化し、一振りの白い剣が、どこまでも神々《こうごう》しいその異様が姿を現した。

目の前に浮遊するその剣の柄《つか》へ手を伸ばし、珍しくシドが独り言を呟いた。

「全ての妖精剣の始祖剣……光の妖精剣《黎明》。

……お前を手に取るのは、実に千年ぶりだな」

右手にシド本来の黒曜鉄の剣。左手に光の妖精剣。

黒白《こくびゃく》二振りの剣を携えて。

シドは踵《きびす》を返し、その場を静かに離れていくのであった。

「…………」

神殿内を出て行こうとする、その時。

シドは振り返り、祭壇の前で倒れ伏せるイザベラを流し見る。

「本当にすまなかったな。後のことは頼む。アルヴィンを……よろしく頼む」

そう言い残して――

アルヴィン膝下第一の騎士であり、伝説時代の騎士シド＝ブリーツェ。

かの騎士の姿が、王都から完全に姿を消したことに、人々が気付くのは……そう時間はかからなかった。

第三章　たった一人の決戦

「シド卿が……消えた⁉」

その時、北の魔国攻略に向けて、着々と軍備を進める仮設王宮内に激震が走った。

「一体どうして⁉　何があったんだ、イザベラ！」

アルヴィンが上げた声に、その場の家臣や騎士達の不安げな視線が、アルヴィンとイザベラの下へ一斉に集まる。

「わかりません……何もかも、わからないんです」

対し、イザベラは弱々しく頭を振った。

「私は、シド卿にあの神殿に呼び出されて……シド卿がご自分の右手の甲の紋章に、何事かを語りかけたかと思うと、突然、その紋章から光が溢《あふ》れて……

その光がなぜか、私に降り注いできて……私はそのまま意識が遠くなっていってしまって……気付けば……」

「も、紋章に……？」

シドの右手の甲の紋章と言えば、それはアルヴィンとシドの契約の証《あかし》。

聖王アルスルの血の系譜に施された、古《いにしえ》の秘術。

本来、この時代の人間ではないシドを、この世界に繋《つな》ぎ止めて受肉させるための、アルヴィンとの絆の証なのだ。

ゆえに、アルヴィンとシドは、同じ紋章を右手の甲に宿している。

そんな紋章に、ふとアルヴィンは目を落とすと。

「……え……？」

思わず、ぞっとした。

その紋章が……薄くなっている。

どこをどう考えても、〝消えかかっている〟のだ。

（シド卿……返事をして……僕の呼び声に答えて……ッ！）

以前そうしたように、紋章を通してシドをこの場に召喚しようとしても、何も反応がない。力が急に失われてしまったようだ。

（ど、どうして……？　一体、なぜ……？）

悪寒《おかん》がする。あまりにも嫌な予感がする。

このまま、何か取り返しのつかないことが起こってしまいそうな、そんな予感。

アルヴィンが呆然《ぼうぜん》と、消えかかった紋章を見つめていると。


「こ、こんな時に、シド卿は一体、どこへ⁉」

「かの騎士がいなければ、到底、北の魔国になど対抗できませんぞ⁉」

「まさか……臆病風に吹かれて逃げ出したのでは……ッ⁉」

「き、聞き捨てなりませんねッ！　師匠がこんな時に逃げ出すわけないでしょう⁉」

「そうだそうだ！　なんか理由があったんだよ、理由がッッッ！」


早速、場は騒然とし始めた。

戦の準備を進めていた大臣達や、軍議を行っていたブリーツェ学級《クラス》の生徒達が喧嘩《けんか》を始めたのだ。

その場の混乱も当然だ。

伝説時代最強と謳《うた》われた騎士、シド＝ブリーツェ。

北の魔国との決戦を前に、彼の存在が不在となるなど痛すぎる。

軍略家どころか、子供でもわかるくらい、簡単な話だ。

たとえ、北の魔国の魔王軍がいかに強大だったとしても、伝説時代最強と謳われたシドの存在があるからこそ、希望を捨てずに立ち向かうことを決意した……そんな者達も多かっただろう。

戦力的にも、精神支柱的にも。

最早、キャルバニア王国に、シドという存在は不可欠であったのだ。

だが――

「静まれ」

アルヴィンは語気強く、かつ厳かに言った。

己の全てをかけて動揺する心をねじ伏せ、今は人の上に立つ王としての在り方を保つ。

その甲斐《かい》あって、アルヴィンの言葉は不思議な威厳をもって、その場の悉《ことごと》くを黙らせた。

「皆、軍議を続けよう」

「し、しかし――殿下ッ！　シド卿は――ッ⁉」

「そうですぞ、シド卿が居ないと、我々は……ッ！」

そんな風に狼狽《うろた》える臣下達へ。

「シド卿が居ようが、居まいが。我々の為《な》すべきことは何一つ変わらない」

アルヴィンはやはり、厳粛に言い放つ。

「そもそも、貴公らは勘違いをしている」

「か、勘違い……？」

「そうだ。シド卿は伝説時代の人間。それが今まで、何らかの奇跡によって、この時代に召喚され、偶々《たまたま》この国に貢献してくれていた……ただそれだけの話。

この度の北の魔国の侵攻は、この時代の話、僕達の戦いなんだ。

伝説時代の人間に頼り切り、守られるなんて間違っている。この戦いは僕達で勝ち抜かなければならないんだ」

アルヴィンの言はド正論で、何の反論の余地もなかった。

そして、アルヴィンがこうやって醸《かも》し出す王としての風格が、動揺と困惑にとり乱れるその場を完全に掌握する。

皮肉なことに、この世界存亡の危難に際し、アルヴィンの王としての資質とカリスマ性は、急速に開花しつつあるようであった。

とはいえ――

（シド卿……）

アルヴィンとて、内心不安は多い。

（ずっと、傍《そば》に居てくれることが当たり前になっていたから忘れていたけど……貴方《あなた》は一体……？）

改めて思い返せば、未《ま》だシドには謎が多い。多過ぎる。

シド＝ブリーツェ。

伝説時代における最強の騎士。聖王アルスル第一の騎士。

華々しき正義の英雄《閃光《せんこう》の騎士》として語られることもあれば、悪辣なる悪鬼羅刹《野蛮人》として語られることもある。

そして、本人はそのどちらも肯定も否定もしない。

さらには、彼の最期《さいご》は己が主君、聖王アルスルの手による誅殺《ちゅうさつ》。その罪状は、王に反逆し、悪辣なる《野蛮人》としての悪行・罪業《ざいごう》に対する裁きであるとされる。

だが、王家の口伝に伝わる限り、その大罪人はなぜか、連綿と続くアルスルの系譜を守護する契約を、アルスルの血と結んでるらしい。

そのお陰で、アルヴィンはこの時代に復活したシドと出会うことができたが……

（そもそも、この紋章の契約とは一体、なんなんだ……？　一体、始祖は何のために、シド卿を……？）
考えても考えても、謎は尽きない。
だが、一つだけ強烈に予感できることがある。
恐らくこのままだと。アルヴィンは、シドを永遠に失うだろうということだ。
薄くなりつつある右手の紋章が、何よりも雄弁にその事実を語っていた。
（どうしよう……？　僕は一体、どうすれば……ッ⁉）
正直に言えば、今すぐここを飛び出して、シドを捜して王国中を駆け回りたい。
今すぐシドに会わなければ、取り返しのつかないことになる。
もうそれは確信だった。
だが――
（僕には、王としての責務がある……ッ！）
来るべき北の魔国の決戦に備え、今は軍を整えなければならない。
それを放り出してシドを捜すなんて、王としてできやしない。
「アルヴィン……」
心中を察してか、テンコが心配そうにアルヴィンの横顔をのぞき込んでくる。
他のブリーツェ学級《クラス》の生徒達も似たような顔をしている。

（僕は……）

アルヴィンが内心で迷いと葛藤に揺れていた……その時だった。


「ほ、報告です！」


息せき切って、その場に馳《は》せ参じる者があった。

見覚えある半人半妖精《ニミュエ》の少女だ。

《湖畔の乙女》の現・巫女《みこ》長イザベラの補佐官であり、イザベラの次の巫女長候補と名高い、リベラであった。

「どうしたんだい？　リベラ。何があった？」

シド失踪による内心の動揺をおくびにも出さず、アルヴィンは報告を促した。

「じ、実は……たった今、妖精の道《フェアリー・ロード》が開かれた痕跡を感知しました！」

「妖精の道《フェアリー・ロード》？」

妖精の道《フェアリー・ロード》とは、古《いにしえ》より伝わる魔法の一つ。この世界の裏側たる妖精界を利用した、超長距離移動魔法だ。

色々と制約や条件も多いが、現在地と目的地を異界の道で繋ぎ、通常の何倍も早く移動するための魔法である。

「今、この時代でそんな高度な魔法を使えるのは、イザベラくらいだよね？」

そんなアルヴィンの問いに、イザベラが頷《うなず》いた。

「はい。後はあの大魔女フローラ。……リベラもそのうちに使えるようになるとは思いますが、今はまだまだ……」

「じゃあ、一体誰が？　その感知された場所はどこだ？」

すると、リベラが戸惑うように答えた。

「それが、その……王家の聖域……シャルトスの森の奥深く……です」

「ッ⁉　その妖精の道《フェアリー・ロード》は一体、どこへ通じている⁉」

「お、恐らくは……北の魔国かと……」

その報告に、アルヴィンが目を剝《む》いた。

シャルトスの森。

それは——シドの墓標があった場所。

かつて、アルヴィンがとある暗黒騎士に襲われた時、逃走した果てに辿《たど》り着き……シドと出会った場所。アルヴィンとシドの始まりの場所。

「……シド卿《きょう》だ」

最早《もはや》予知レベルで、アルヴィンは確信していた。

シドの失踪の矢先に、シド縁《ゆかり》の地にて開かれた妖精の道《フェアリー・ロード》。

妖精の道《フェアリー・ロード》を開いたのはシドだ。それ以外に考えられない。

伝説時代の英雄騎士とはいえ、一介の騎士に過ぎないシドに、なぜ、妖精の道《フェアリー・ロード》などという大魔法が使用できたのかはわからないが……状況が何よりも雄弁にその事実を証明している。

そして……恐らく、シドの目的も。

「…………」

口元を押さえて押し黙るアルヴィンへ。

「……アルヴィン、どうしますか？」

テンコが静かに問う。

ふと、アルヴィンが周囲を見渡せば。

「…………」

アルヴィンの答えを待つように、エレイン、クリストファー、セオドール、リネット、ユノ……ブリーツェ学級《クラス》の生徒達がアルヴィンを見つめている。

のみならず、ルイーゼ、ヨハン、オリヴィアを筆頭とした、シドの薫陶《くんとう》を受けた他学級《クラス》の生徒達も、皆一様にアルヴィンを見つめている。

「私はアルヴィンの決断に従います。恐らく、ここ貴方の下に集う者達も同じです。だから、全ては貴方の決断なのです。……どうしますか？」

「…………」

テンコの問いに、アルヴィンは押し黙った。

だが、王として正しい答えは考えずともわかる。

今はまだ動くべきではない。

シドを追いたいのはやまやまだが、今は戦力が足りないのだ。

まともに戦えるのは、ウィルを習得している従騎士《スクワイア》達のみ。

今、慌てて追いかけて行っても、シドの戦いの足しにもならない。あわよく追いついても、ただシドの足を引っ張って、無駄死にするだけだ。

もっと多くの戦力があれば、また話は変わるが……とにかく戦力が限られている以上、戦いの準備は万全でなければならない。

この絶望的な敵を前に、少しでも勝率を高めるために、今は戦いの準備を最優先に専念すべき。そして、それは王が不在ではどうしようもない。

そんなことはわかっている。

わかっているのだ。

だが――……

「王子。ご決断を」

いつになく、事務的に淡々としたテンコの問いかけに。

アルヴィンは――

「……余の方針は変わらぬ。余は――……」

――この国を支える王としての決断を下そうとする。

だが。

……その時だった。


ばぁん！


扉が開かれる音が、軍議室内に派手に響き渡った。

何事かとアルヴィン達が一斉に、突然開かれた扉へ振り返る。

開かれた扉の向こう側に立っていた者達は――……

――――。

――――。

〝シド。お前には天稟《てんぴん》がある〟。


思い返せば、それは――俺のガキの頃……騎士見習い時代の話だ。

近隣の村落を襲い、略奪し、殺し、女を攫《さら》う……そんな悪辣なる山賊団の討伐を、とある辺境国の一騎士団が行うことになって。

俺達訓練半ばの従騎士《スクワイア》も、その討伐戦に駆り出された。

だが、何があったのか、その山賊団には主君を失ったどこぞの騎士崩れ達も抱き込まれていたため、楽勝に終わると思った討伐戦は、それはそれは酷《ひど》いことになった。

その戦場には、策も統率も何もなかった。

敵と味方が麻のように入り乱れ、怒号と、絶叫と、怨嗟《えんさ》と、悲鳴と、罵倒と、肉が裂けて血がしぶく音と、魂《たま》消《げ》るような断末魔。断末魔。断末魔。

まるで泥沼のような大乱戦。大混戦。

こうなっては崇高な騎士道も、戦場の誉れもクソも何もない。

その場の誰もが、〝死にたくない〟ただその一心で、我武者羅に、出鱈目《でたらめ》に、滅茶苦茶《めちゃくちゃ》に、狂ったように剣をブン回し続ける。

目も当てられない大恐慌《だいきょうこう》と混沌《こんとん》。最早、敵も味方も発狂状態だ。

命乞いをする者の頭を断ち割り、背後から襲い、三人がかりで一人を滅多斬りにし、負傷で動けなくなった者を嬲《なぶ》り殺し、嬲り殺される。

すでに死体となった者を気付かず何度も刺突し、その場の連中の口から垂れ流される絶叫は、すでに人の言葉として意味をなしておらず、聞くに堪えない獣の咆哮《ほうこう》だ。

敵も味方も、ルール無用の残虐ファイト。

それは誉れ高き騎士の戦いとはほど遠い、戦の狂騒に取り憑《つ》かれた狂戦士達の宴《うたげ》だ。

そんな宴の最中——誰もが死の気配の血の臭いに酔いしれる地獄の渦中《かちゅう》——俺だけはどこか冷めていた。全て他人事《ひとごと》だった。

まるで、目の前の地獄が自分とまったく関係のない遠い世界の出来事のようで、あらゆる戦況を、遥《はる》か天空から見下ろしているような……そんな感覚だった。

だから、正直な話、俺はそんな戦場の最前線のど真ん中で剣を振るいながら、退屈だった。なんだか欠伸《あくび》すら出た。

ただただ、淡々と前後左右の山賊共を斬って、斬って、斬って、斬って、斬って、斬って、斬って、斬って、斬って、斬りまくった。

ポンポンと空を飛ぶ、首、首、首、腕、足……淡々と剣を振るうたび、返り血を、臓物を、脳漿《のうしょう》を、俺は頭からバシャバシャ浴びた。

錯乱するあまり敵と味方の区別もつかなくなったベテラン先輩騎士が、俺を敵と勘違いして斬りかかってきても、至極冷静にその首を撥《は》ねて対処した。

敵と味方を間違えるなんて迷惑で面倒なやつだな、とすら思った。

やがて──その地獄の宴も終わりの時がやってくる。

んっ？　と、俺が気付けば、戦は終わっていた。

山賊達は全滅し……俺達騎士団も、もう数えるほどしか残っていなかった。

生き残りの誰もが深く傷つき……ある者は手足を失い、ある者は自我が崩壊していた。

蹲《うずくま》って吐瀉物《としゃ》を吐き散らかして泣き喚《わめ》いていた。大人も子供も関係なく。

生き残った者達は皆、真っ青でそこいらで転がっている死人より死人っぽかった。

皆、なんでそんな顔してんだろ？　と、俺は思った。

生き残った俺の同期が、もう騎士になるのは止《や》めるとか突然言い出して、心底理解できなかった。

誉れ高き勝利を収めたというのに、まるで敗残兵のように凱旋《がいせん》する道中、俺達は野営をすることになった。

俺は腹が減ったので、そこらで適当に猪《いのしし》を捕まえた。

昼間の戦闘でボロボロになった剣で猪を捌《さば》いて焼き、腹一杯バクバク食った。

俺以外の者は、なぜか腹が空《す》いてないらしく、誰も食べなかった。

むしろ、俺が肉を食べる姿を見て、吐いていた。

なんなんだ、こいつら？……よくわからん連中に呆《あき》れながら、俺が食事を続けていると。

俺の教官が、そんな俺を見て、こう言ったのだ。

〝シド。お前には天稟がある〟。

〝だが、それは非常に危険な天稟だ〟。

〝お前の行く末は、二つに一つだろう〟。

〝悪鬼羅刹の野蛮人か、あるいは稀代《きたい》の英雄か〟。

〝シド＝ブリーツェよ。主君を探せ〟。

〝お前が心から、その剣を捧《ささ》げられる主君を探すのだ〟。

〝さもなければ、お前は——……〟

――。

――それから、時は流れて。

なんだかよくわからんうちに、俺の祖国みたいなものは滅んでいて。

俺は、特定の主君を持たぬ流浪《るろう》の騎士となっていた。

当時は、世界が麻のように乱れ、覇権を争い合う、混沌の戦国時代。

それこそ、適当にそこらをうろつき回るだけで、どっかの国や豪族、氏族同士が起こした戦争と戦場にぶち当たる。

俺は特に思想も、信条も、理念も、目指す理想もなく、適当に鉄火場から鉄火場をほっつき回った。

どっちの陣営に義があり、義がないか……そんなことすらも考えず、適当にどっちかの陣営に肩入れし、二束三文の端金《はしたがね》で戦争に参加しまくった。

そして、とにかく目の前の敵兵や敵騎士を斬って、斬って、斬りまくった。

俺の参加した側がいつも勝つので、世界の勢力図はもう滅茶苦茶だ。

なぜ、そんなことをしていたか？　と、問われれば。

それ以外に、食っていく術《すべ》を知らないということもあったが。

結局のところ……それしか、やることがなかったのだろう。

だって、俺から剣を取れば、一体、何が残る？　何もない。

生き甲斐《いがい》もなければ、人生の目標もない。

ただただ、戦場で人を斬って屍《しかばね》を積み重ねては金床にし、その上で血と骨を使って己が剣を鍛え上げるのみ。

それをやめたら、一体、俺は何をすればいい？　やることが全然ない。

まぁ、要するに、気付けば。

俺は、かつて俺の教官が危惧していた通り……もうどうしようもない、救いようのない悪鬼羅刹の《野蛮人》に成り果てていた。

人として完全に、盛大に道を踏み外していた。

実につまらない人生。戦場で人を殺すしか能がない、価値のない人生。

俺がいなかったら、この世界はもう幾ばくかマシになっていたのではないのか？

なんとなく、そんなことを考えつつも。

まぁ、そんな人生もそう長くは続かないだろうと。

じきに、いつか、どこか、適当な戦場で、無様に、無意味に死んで終わるだろうと。

じゃ、まぁ、せめて終わるまでは《野蛮人》続けてみるか……と。
そんな風に、俺が投げやりに、世界をほっつき歩いていると。
ある日、一人の騎士が、俺の前に現れたのだ。

『君が噂《うわさ》の《野蛮人》シド＝ブリーツェだね？』

何もかもが俺と違う男だった。
美しい外套《マント》と豪奢《ごうしゃ》な鎧《よろい》、逞《たくま》しき騎馬。神々《こうごう》しい妖精剣。
何よりも目が違う。
湖面にいつも映る、俺の腐ったような目とは違う。
遠い何かを見据え、静かに、熱く何かが燃えているような……そんな目をした男。
『僕の名は、アルスル＝キャルバニア……今はただの人だ。今はまだ、ね』
『唐突だが、僕は君に決闘を申し込む』
『君も騎士の端くれならば、逃げないよね？』
『理由？　目的？　そんなの決まってるじゃないか。君が欲しい』

『僕が勝った暁には……君は僕の臣下になるんだ。いいね？』

『君は、僕という王に剣を捧げる騎士となるんだ』

『そうしたら……約束しよう、僕は君に素晴らしいものを見せてあげる。絶対に、君に退屈はさせない。そんなつまらなそうに剣は振るわせない。きっとね』

『……君が勝ったら？　僕を煮るなり焼くなり好きにすればいいさ。しょせん、僕はそこまでの男だったってだけの話だからね』


その男――アルスルは、何か悪戯《いたずら》を企《たくら》んでいるように笑った。

そのキラキラした瞳には、俺には決してない光があった。

その時。

なぜか、俺の虚無の心に何か予感のような光が差した。

この灰色の世界に、色を取り戻してくれそうな……そんな予感。

「なるほど、乗った」

人生で初めて、少しだけ〝面白そうだ〟と思ったのだ。

その予感の正体を確かめるべく。
俺は——双剣を、二振りの黒曜鉄の剣を抜き放つ。
そして、アルスルに猛然と、微塵《みじん》の手加減なく斬りかかったのであった——

今でも、その時のアルスルとの戦いの立ち回りは鮮明に思い出せる。
時代を超えて、記憶を失えど、それだけは覚えている。
あの戦いは、初手から最後まで、剣舞で寸分違わずに再現できるだろう。
それほど——熱く、魂《ウィル》が燃え滾《たぎ》るような戦いだった。
決着までの互いの剣の総数は、合計十八万七千三百二十四手。
決着までにかかった時間は、不眠不休の三日三晩。
互いに極限まで死力を尽くし、永劫《えいごう》とも思える果てなき剣戟《けんげき》の果てに。
俺と、アルスルは——……

——。

ビュゴォオオオオオ——……

ビュゴォオオオオオオオォォォォ――……

身を切るような寒気と吹雪が、遥《はる》か懐《なつ》かしき過去を彷徨《さまよ》うシドの意識を、現実へと引き戻す。

シドが薄らと目を開ける。

そこは、とある大峡谷に存在する一際《ひときわ》高い崖の上だった。

辺り一面が真っ白な雪と氷に覆われ、猛吹雪が吹き荒れている。

眼下には、山脈と渓谷に囲まれた廃都が見え……その中心には、禍々《まがまが》しい巨人のようにそびえ立つ古城があった。

キャルバニア王国の北方――アルフィード大陸北端。

そこには、遥か高き山脈と渓谷、そして地獄のような凍気と雪と氷に閉ざされた永久凍土の大地がある。

そして、その地には、かつて魔王が支配したという魔国ダクネシアがあり、シドの眼下の光景は、まさにその首都、魔都ダクネシアであった。

当然、その地は人の住める場所ではない。

ゆえにあの都を闊歩《かっぽ》する住民は、凍れる亡者《もうじゃ》達のみだ。

『シド卿《きょう》？　どうされましたか？』

腰の佩剣《はいけん》──光の妖精剣から、そのような意思がシドの心に流れ込んでくる。

すると、剣から燐光《りんこう》がはらはらと立ち上り……一人の光輝く少女の姿を取った。

光の妖精神《エクレール》の、実体なき幻の化身《アバター》だ。

「……何、少し昔を思い出していただけだ」

崖の上の岩に腰掛け、シドが笑う。

『昔……ですか？』

「ああ、《閃光《せんこう》の騎士》の始まりの時と……《野蛮人》の終わりの時だ」

『…………』

「あの戦いは……惜しかったなぁ」

シドがどこまでも穏やかに笑いながら、そんなことをぼやく。

「後一手。そう、後一手あれば、俺はアルスルに勝っていた。だが……その後一手という
ところで……俺の右の剣が折れたんだ」

『…………』

「だが、あの敗北から俺の騎士としての道が始まった。ただひたすら虚無だった俺の生に
ようやく意味が出来たんだ。……わからないものだな、人生とは」

『…………』

「《閃光の騎士》……俺には過ぎた二つ名だ。だが、それでも……俺の誇りだ」

そう言って、シドが立ち上がる。

改めて眼下の廃都を見下ろす。

「……久々《野蛮人》に戻るか。……何、あの時と一緒だ」

『シド卿……』

「俺がアルスルや仲間達を裏切り、反旗を翻《ひるがえ》し……たった一人で牙を剝《む》いたあの時と、まったく一緒だ。同じことをこれからやるだけだ。ゆえに――」

シドがズラリ、と黒曜鉄の剣を抜く。

「今宵《こよい》の俺は――騎士ではない。《野蛮人》だ。

眼前に立ちはだかるあらゆる敵を殲滅《せんめつ》し、一切合切を灰燼《かいじん》にせしめる一人の悪鬼だ。

古き盟約を果たすため……俺が為《な》すべきを為すために。

俺はただ一人の《野蛮人》へ戻る」

そう言って。

シドは、抜いた黒曜鉄の剣を両手で頭上に掲げ――

コォオオオオ……と、いつもより数段長く、深くウィルの呼吸を行って――

「……我は野蛮なる雷神の申し子——」


そう言霊《ことだま》を叫んだ、その瞬間。

闇が支配する世界を、一条の閃光が真っ二つに切り裂いた。

天を引き裂き、地をどよもすような轟音《ごうおん》。

遥か高き天空の果てより、一条の壮絶な稲妻が、闇を割り、吹雪を裂いて、シドの掲げる剣に落ちたのだ。

天と地が、シドの掲げる一振りの剣を通して、稲妻の柱となりて繋《つな》がっていた。


「……その理不尽な怒りと暴力を以《もっ》て——」


その稲妻の柱は天地を繋げたまま、その圧倒的光量で闇を払い、激しく爆《は》ぜながら、徐々に成長していく。

その光量を、どこまでも、際限なく、圧倒的に高めていく。

この凍《い》てついた暗い世界を、どこまでも、どこまでも白く眩《まばゆ》く染め上げていく。

やがて――

「……この世界を二つに切り裂く悪鬼の剣なり！」

それは、一振りの巨大な稲妻の剣となった。

それは、最早《もはや》、人の振るう剣ではない。山のごとき巨人の振るう長大な大剣だ。

それを、シドは人の身でありながら、その頭上に掲げ――

そして、それを一呼吸で一気に振り下ろす。

「ぉおおおおおおおおおおおおおおおおおおおおお――ッ！」

天地を繋ぐ巨大な稲妻の剣が。

そのまま天から地を、世界を両断せんとばかりに、地平線の果てまで切り裂いた。

大音響。大激震。大衝撃。

世界が上下に数メトルの震幅で震動する。

恐らく、その激震は、この大陸の最南端まで届いただろう。

最早、それは天変地異以外の何者でもない……そんな一撃であった。

シドが、崖の上から振り下ろした稲妻の剣は、眼下に連なる山脈から渓谷、廃都までを真っ二つに割った。

難攻不落の天然要塞の悉《ことごと》くを更地にし、絶対防御を誇る高き城壁城塞をバラバラに砕き散らし、通常の攻略ならば半月はかかるダクネシア城までの道のりを、たったその一撃で一気に敷いたのである。

「ふぅ……まぁ、こんなものか」

シドが剣を振り下ろした格好のまま、残心しながら言った。

「さすがに、城までは無理だったか。今の俺の力でも、半壊くらいまでは行けると思ったんだがな」

シドは眼下を改めて流し見る。

見れば、確かにこの場所から世界の果てまで続くような亀裂は、廃都を真っ二つにしている。

だが、そのど真ん中にある魔城ダクネシアには傷一つない。

『記憶を取り戻し、往年の力をある程度取り戻したとはいえ……今のその不完全な身体《からだ》で
ここまでの力を出せるなんて……』

光の妖精神《エクレール》が、感服したように言った。

『天はなぜ、このような過ぎたる力を一人の人間に……？』

「ははは、神様のアンタがそれを言うのか」

シドが愉快そうに笑う。

『本当に……このような力を持つ者が、貴方《あなた》のような騎士で本当に良かったです』

「お前本来の主《あるじ》、アルスルに感謝してくれ」

『……………』

「さぁ、そんなことより出陣だ、光の妖精神《エクレール》。あの時のようにな」

『！』

「ああ、懐かしい。まるで何もかも、あの時と一緒じゃないか。

さぁ、共に行こう、光の妖精神《エクレール》。

あの時の古き盟約に従い、俺達は俺達の為すべきを為そう」

『……ええ、よしなに頼みます、シド卿』

そんなやり取りをして、光の妖精神《エクレール》の姿は再び光の粒子となって消え、シドの腰に下が

っている剣へと戻っていく。
それを確認して。

「我は《野蛮人》――千年の時を超え、再び悪鬼が推して参る！」

シドは城まで舗装した道を、まさに一条の稲妻となって駆け抜け始めるのであった――

――。

まるで世界が割れ砕けるような激音と激震が、ダクネシア城内を震わせた。

「な、な、何事よッ⁉」

ダクネシア城最上階――魔王の玉座の間にて。
玉座にどこか退屈そうに腰掛け、頬杖《ほおづえ》をついていたエンデアが、飛び上がって叫ぶ。
「なんなの、今の音と衝撃は⁉　一体、何があったわけ⁉」

早足にテラスに飛び出す。

外の絶対的な凍気が、エンデアの身を切り、猛然たる吹雪が横から殴りつけてくるが、それどころではない。

エンデアは手すりに手をかけ、身を乗り出さんばかりに眼下を睨《にら》み付ける。

その異変には、すぐに気付いた。

「な……何……これ……？」

自分の拠点たる魔都が……真っ二つに割れている。

彼方《かなた》の一点より、今、エンデアがいる居城の城門まで、山、谷、建物、ありとあらゆるものが消し飛ばされ、一直線に道が敷かれている。

その跡地には、稲妻の残滓《ざんし》がバチバチと音を立てて爆ぜており、まるでそれは光の橋のようであった。

その異変にエンデアが目を瞬《しばた》かせ、口をぽかんと開けていると。

「これは……ああ、恐らくはシド卿《きょう》でございますわ」

隣に悠然とやってきたフローラが、眼下の光景を見て、おかしそうに笑った。

「はぁ⁉　これ、シド卿の仕業なの⁉」

「ええ、間違いありませんわ」

噛《か》みつくようなエンデアの問いに、フローラが応じる。

「恐らく……シド卿は全ての記憶を取り戻したようですわね。往年の力が、ことここに来て、すっかりとお戻りになられています。

まぁ……今世の肉体の関係で、完璧にとまでは言えないようですが……」

「バッカじゃないの、あの男ッッッ！」

ガァン！　エンデアが手すりを激しく殴りつけた。

「バカじゃないの!?　バカじゃないの!?　出鱈目《でたらめ》にも、無茶苦茶にも、規格外にも限度があるでしょ!?　バカバカバカバカぁあああああああああああ――ッ！」

ガンガンガンガンガンガンッ！

呆《あき》れるやら腹立たしいやら、複雑な激情がない交ぜになって噴出し、エンデアはひたすらヒステリックに喚《わめ》き散らかした。

「大体、一体、どうやって、ここまでやって来たのよ!?　無理でしょ!?」

「……なるほど。どうやら、からくりが読めましたわ……あの、あの女……」

フローラから微《かす》かに憎々しげな呟《つぶや》きが、不意に漏れる。

「何!?　なんか言った!?」

「いえ、何も」

それにエンデアが耳聡《みみざと》く反応するが、なぜかフローラはすっとぼけて流した。

そうこうしているうちに、遥《はる》か遠くで稲妻が爆ぜた。

「……ッ⁉」

咄嗟《とっさ》にエンデアが遠見の魔法を使って、その稲妻の爆ぜる彼方を見据える。

すると──

全身に稲妻を漲《みなぎ》らせたシドが、一直線にこちらへ向かって駆け抜けてくる姿が、はっきりと見えた。

まるで、大地を稲妻が走らんばかりの速度だった。

「どうやら……シド卿は、たった一人で討ち取りに来たようですね」

くすりと笑うフローラへ、エンデアが呆《ほう》けたように問う。

「……え……？　う、討ち取りにって……？　何を……？」

「あら？　そんなの決まってるじゃありませんか？　私の可愛《かわい》い主様」

すると、フローラはエンデアの耳元に口を近づけ……どこか揶揄《からか》うように言った。

「シド卿は、貴女《あなた》を……〝魔王エンデア〟を討ち取りにやって来たんですよ？」

「────ッ⁉」

その時、エンデアはそれこそ全身を稲妻に打たれたかのように愕然《がくぜん》とした。

別に、よくよく考えてみるまでもなく当然のことだ。何も不思議なことはない。

自分は、世界を滅ぼそうとする魔王で。

シドは、かの英雄《閃光《せんこう》の騎士》。

かつてアルヴィンから教えてもらった、物語の中のシドだったら、間違いなく魔王を討ち果たすために、あらゆる困難を乗り越えてやってくるだろう。

そして──必ずや魔王を仕留め、その首級を高らかに挙げる。

この世界に、尊く正しき正義を示すだろう。

それが、エンデアが知る、全ての民を守り、王に忠誠厚き、揺るぎなき正義の騎士──

シドだ。

「し、……シド卿が……私を……」

別に、そんなの当たり前だ。

当たり前。

当たり前のはず。

とっくの昔にわかっていたことのはず。

それをわかって、エンデアはこの世界に牙を剝《む》いた。
ひたすら、自分《エンデア》に厳しく優しくないこの世界を、全て滅ぼそうと思った。
なのに。
それなのに……
「シド卿が……私を殺しに……ッ！」
呻《うめ》くエンデアの脳裏に蘇《よみがえ》るのは、幼き頃の自分の言葉と思いだ。

〰〰。

〝姉様！　また、あのお話してよっ！　《閃光の騎士》様のお話っ！〟
〝あはは……また、シド卿のお話？　エルマは本当にシド卿が大好きだね？〟
〝うんっ！　だって格好いいもんっ！　すごいもんっ！〟
〝ああ……今の時代にも、シド卿みたいな騎士がいてくれたらなぁ……〟
〝シド卿がいてくれたら……閉じ込められている私のことだって……きっと……〟

〰〰。

私は……全てわかっていた。

覚悟していた。

その上で、全てをやった。

それなのに——……


「ぐすっ……ひっく……うぅ……ッ！　ううううう〜〜ッ！」

どうして、こんなに涙が止まらないんだろう？

どうして、こんなに哀《かな》しくて、悔しくて、たまらないんだろう？

「…………くす」

そんなエンデアの様子を、フローラは心底愉《たの》しげに、愛おしそうに見つめていて……

「アルマ姉様ッ！」

ガンッ！

それに気付かず、エンデアは手すりを拳で殴りつけた。

「アルマ姉様ッ！　アルマ姉様ッ！　許せないッ！　許せないッ！　許さないッ！　絶対に……絶対に、姉様だけは……絶対にぃいいいいいいい──ッ！」

ガンッ！　ガンッ！　ガンッ！

「大嫌いッ！　二人とも……二人とも、大ッ嫌いッッッ！

シド卿を殺してやるッ！　殺して、その素ッ首を、アルマ姉様の顔面に叩《たた》きつけてやるッッッ！　絶対にッ！　絶対にぃいいいいいい──ッ！」

そして、エンデアは一直線に向かってくるシドを遠く睨み付け、叫んだ。

「フン！　バカじゃないの⁉　一人でのこのこやってくるなんて！

今の私は、魔王ッ！　世界の正当なる支配者、魔王エンデアよッッッ！

つまり、この魔都ダクネシアに眠る、伝説時代の凍れる亡霊の騎士──総勢五十万騎が全て私の支配下にあるのよッッッ⁉

今の私には指一本で、そいつら全てを動かせる権能があるわッッッ！」

それこそが伝説時代の魔王が無敵だった、一つの理由。

今の魔国ダクネシアのある地は、伝説時代、闇の妖精神《オーブス》の穢《けが》れを最も受けた場所。

闇の妖精神《オーブス》が司《つかさど》る死の冬に、今も永遠に閉ざされたる地。

ゆえに――その地で犠牲になった者は、その魂が凍り付き、永遠にその場に縛り付けられてしまう。永遠に終わらぬ冬の中に彷徨《さまよ》い続ける。

そして――魔王に絶対服従し、死んでいるがゆえに、死をも恐れぬ最強最悪の軍団の一員となるのだ。

「こないだ王国に送った低級な連中じゃないわ！　この地を守るのは最上級！　一人一人が全員、貴方《あなた》と同じ伝説時代の騎士よ!?　たかが私の魔都を真っ二つに割った位で、いい気にならないでよッッッ！　たった一人で……勝てると思っているわけ!?　勝てると思ってるの!?」

ヒステリックに叫んで。

エンデアはテラスに両手を広げて立った。

その威風堂々たる様は――まさに、魔王だった。

「王命よッ！　我が領地で惰眠をむさぼりし、凍れる亡者《もうじゃ》の騎士共よッ！　永劫《えいごう》の氷縛に囚《とら》われし哀れなる亡霊共よッ！

情けをくれてやるわッ！　恩赦をくれてやるわッ！　我が望みを叶《かな》えたる者に、この闇の冬に言祝《ことほ》がれし氷獄から、解放する権利をくれてやるわッッッ！

さぁ、我が求めに応じよッ！　剣を持てッ！　隊伍《たいご》を組んで列を為《な》せッ！
槍衾《やりぶすま》構えて迎え討てッッッ！
殺せ！　殺せ！　シド卿《きょう》を殺せッッッ！
大っ嫌いなシド卿を殺せぇぇぇぇぇぇぇぇぇぇぇぇぇぇぇぇ——ッ！」

そんなエンデアの叫びは、吹き荒れる激しい吹雪に乗り、不思議な響きをもって魔都中へと浸透するように広がっていく——

すると、魔都に異変が起こった。

魔都内のあちらこちらに、ぼっと、青白く冷たい鬼火が立ち上った。

その数は一、十、百、千、万——と急速に姿を増していき、そして、急速にその姿を変えていく。

現れたのは——亡霊の騎士。

剣を携え、全身に黒い襤褸《ぼろ》装束を纏《まと》い、深く被《かぶ》ったフードの奥に顔はなく、無限の深淵《しんえん》を湛《たた》えている。

彼らは伝説時代に、この地で果てた騎士であり、兵士達。

その誰もが手練《てだ》れの戦士であり強者。

この氷結の牢獄《ろうごく》に永劫閉じ込められたる哀れなる亡者であり、魔王の奴隷であった。

そんな古強者達が、魔都内を埋め尽くす。

冷たく青白く燃えるその様は、上空から見ればまるで無限の星空だ。

そして、彼らは群れをなし、隊伍を組み、陣を為し――

――一条の稲妻となって魔都内を駆け抜けるシドへ向かって、まるで波涛《はとう》のように押し迫っていくのであった。


「あはっ！　あっはははははははっ！　どう⁉　シド卿！

これが私の軍団ッ！　伝説時代の古強者総勢五十万騎！　いくら貴方が桁違いでも、こんな状況――たった一人で――……」


エンデアの哄笑《こうしょう》と叫びは、一筋の落雷と共に止まった。

うねりを上げて怒濤《どとう》のように迫る、凍《こお》れる亡霊軍団の第一陣。

シドがその渦中《かちゅう》に真っ向から接敵した、その瞬間。


「おおおおおおおおおおおおおお――ッ！」

シドが黒曜鉄の剣を振り下ろす。

それに呼応し、壮絶なる落雷が、その第一陣のど真ん中に乱舞する。

稲妻が四方八方に爆《は》ぜて舞い上がり、戦場をあっという間に蹂躙《じゅうりん》、食い荒らし――

呆気《あっけ》なく第一陣を消し飛ばした。


「……はぁ？」


そんなエンデアの間の抜けた呟《つぶや》きは、決してシドには届かぬが。

続く第二陣。

第一陣よりも分厚く隊伍を組んだ亡霊の騎士達が、鶴翼《かくよく》陣形で正面左右からシドを飲み込もうとして――

刹那、戦場をジグザグに駆け抜ける閃光。

閃光《せんこう》と化して縦横無尽に走り抜けるシドが、その鶴翼陣形をバラバラの細切れに分断して蹴散らし、あっさり突破。

続く第三陣。

今度は密集陣形だ。

だが、シドは真っ向から突進し、それをぶち抜いた。

駆け抜ける閃光によって、真っ二つに両断される軍勢。蹴散らされて空を舞う。


続く第四陣。

さらに続く第五陣。

さらに、さらに続く第六陣。

その悉《ことごと》くを、シドは逃げず、退かず、足を止めず、真っ向からぶつかり合い、閃光と化して駆け抜け——何の苦もなく、蹴散らし、ぶち抜き、前進していく。

古強者達の陣形が、まるで紙のようであった。

シドはみるみるうちに、エンデアの居る城まで、近づいてくる——


「なんなの……なんなのよぉ、これぇ……ッ⁉」

そんな冗談みたいな光景を前に、エンデアは頭を抱えて叫ぶしかない。

「規格外にもほどがあるでしょ……どうやったら、あいつ、止まるのよ……ッ⁉」

そんなエンデアを余所《よそ》に。

「うむ、さすがはシド卿だな」

「……ええ、彼はこうでなくてはなりませんね」

獅子《しし》卿と一角獣卿だけが余裕だった。

「余裕ぶっている場合⁉　あいつ、もうすぐここに来るわよ⁉

貴方達、勝てるの⁉　アレに⁉」

すると、獅子卿と一角獣卿は、意味深げに、含むように笑うだけだ。

「何よ⁉　何なのよ、その態度……ッ⁉」

「うふふ、私の可愛《かわい》い主様……貴女《あなた》はまだ、ご自身の魔王の力を過小評価なさっておられますわ」

フローラが補足するように言った。

「……過小評価？」

「ええ。まだまだ、貴女は人の身の常識に囚われておられます。

貴女は、すでに人ではなく、魔王。

彼は所詮、英雄といえど、一介の騎士、一介の人に過ぎません。

貴女はすでに、アレに匹敵……いいえ、アレを遥《はる》かに上回る御力を持っておられるのです。

世界の仇敵《きゅうてき》たる魔王とは、元よりそういう存在だということをご理解くださいな。

たかが、雑兵《ぞうひょう》共が蹴散らされたくらいで動揺なさる必要はないのです」

「は、はぁ……？」

「されど、相手はシド卿。決して油断をして良い相手ではございませんわ」

フローラがちらりと、眼下で無双するシドを流し見る。

「そう……万が一ということがあるやもしれません。……あの時のように」

そんな呟きを零《こぼ》した時のフローラの表情は、いつもの余裕ある妖しげな笑みではない。

何かを忌々《いまいま》しげに憎むような……そんな感情が滲《にじ》み出ていた。

「あの時……？」

「……いえ、なんでもございませんわ」

くすりと笑って、フローラがエンデアの問いを流す。

「……というわけで、私の可愛い主様。このまま亡霊の騎士の軍団を指揮し、シド卿に存分にごぶつけくださいませ」

「そ、それ、意味あるの？　なんか……五十万騎を全てぶつけても、蹴散らしちゃいそうな勢いなんだけど……？」

「別に、それでシド卿を討ち果たす必要は、まったくございませんわ。

こうして亡霊の騎士団を、シド卿にぶつけ続けること自体に、戦略上とても大きな意味がございますの」

「……意味？」

すると、フローラはにっこりとエンデアに応えた。

まるで己が勝利を確信しているような微笑《ほほえ》みであった。

「ええ、そう。……彼には、時間がないのですよ」

――――。


押し寄せる幾万の大軍勢。

それに、たった一騎で立ち向かうシド。

この考えるのも馬鹿馬鹿しい戦力差を前に、臆さず、退かず、シドは戦い続ける。

真っ向からぶつかり、その悉くを蹴散らし、真っ直《ます》ぐ突き進んでいく。

シドが剣を振るう都度、翻《ひるがえ》る閃光と電撃。

それはどこまでも強く、雄々しく輝き、悍《おぞ》ましき亡霊達を寄せ付けず、なぎ払っていく

――

それはまさに、伝説時代の戦の再現。

現代に蘇《よみがえ》った、英雄譚《たん》であった――

もし、この戦いを目《ま》の当たりにした者がいたのであれば、誰しもが感涙に噎《むせ》び、忘我することだろう。

――だが、同時にこうも感じたはずだ。

そのシド卿のその輝きは、熱き戦いは。

……まるで、燃え尽きる前の灯火の、一瞬の強き輝きのようでもあった、と。

第四章　古き騎士と新しき騎士

〜〜〜〜。

いつだって、俺達は——〝正しい道〟を進んでいたはずだった。
アルスルという〝光〟の下、輝かしい未来を目指して歩いているはずだった。
アルスルが、俺達の騎士道に、揺るぎない意味と正しさを与えているはずだった。
だから、俺は《野蛮人》ではなく、《閃光の騎士》であることができた。
ただ、殺戮《さつりく》しか能のない悪鬼羅刹の人生に、誇るべき意味ができたのだ。
——だけど。
それは……いつからだっただろうか？
どこからだっただろうか。
その揺るぎない〝光〟に、影が差すようになったのは。
人々のため、正しい道を歩んでいるはずの俺達が……どこか迷走を始めたのは。

一体、何が切っ掛けだったのだろうか――？

「……断る」


王国の中枢たる騎士達が集う円卓にて。

俺の発した拒絶の言葉に、その場がざわついた。

「悪いが、アルスル。その王命には従えない」

俺の言葉が信じられないと、その場の騎士達が戸惑っていると。

「シド卿《きょう》、貴様ぁあああああああああ――ッ！」

三大騎士の一角――リフィス＝オルトールが、いきり立って円卓を叩《たた》きながら立ち上がった。

「我らが主君の命に逆らうのか⁉　貴様は王に剣を捧《ささ》げし騎士ではなかったのか⁉　それを……不敬にもほどがあるだろうッ⁉」

「失望したぞ、シド卿。貴公ほどの男がまさかこのようなことを言うとは」

「まったくですね。血迷いましたか？　閃光の」

リフィスに続き、やはり王国を支える三大騎士――ローガス＝デュランデも、ルーク＝

アンサローも、俺を侮蔑するように見てくる。

他の騎士達も、憤怒《ふんぬ》と失望と侮蔑の目で俺を見てくる。

その場に集う騎士達の誰もが、数々の戦場を共にし、俺と肩を並べて戦った、俺にとって友と呼べる者達だ。

固い絆《きずな》で結ばれ、血よりも濃く熱い友情で結ばれていた……はずだった。

だが、そんな結束の騎士団の姿はどこへやら。

その場は、まさに一触即発。

険悪と苛立《いらだ》ちが渦を巻き、今にも誰かが剣を抜いて血の惨劇になりそうな有様《ありさま》だ。

「皆、待ってくれ。落ち着くんだ」

そんな場を、アルスルが宥《なだ》める。

いつものように、変わらぬ穏やかな表情で宥める。

そして、俺を真摯に、真っ直ぐ見つめて……問うてくる。

「シド卿、一体、なぜだい？　なぜ、今回の僕の王命には従えないんだい？」

「剣を振るう意義が見出《みいだ》せないからだ」

俺は、きっぱりと答えた。

「北のダクネシアを攻め落とす？　あの一帯はこの戦乱の世にありて、唯一平和を保っている不戦領域だ。

確かに、豊かな自然に恵まれてはいるが、天然要塞でもある辺境の地。わざわざ攻め落として制圧する戦略的価値は、ほぼほぼ皆無に等しい。

そもそも、すでに平和が築かれ、人々がささやかながら安寧に暮らしている地を、わざわざ踏み荒らし、戦火に巻き込むのは一体、どういう料簡《りょうけん》だ？

お前の戦いは、覇道は、全てこの世界の人々の未来のためではなかったのか？

アルスル……俺はこの戦いに意義をまったく見出せない」

そして、俺はその真意を推し量るように、アルスルを真っ直ぐ見つめる。

「そもそも──最近のお前はおかしい。最近の騎士団はおかしい。

最近は、いまいち戦いの意義がよくわからない、無意味な戦が多い。本当に、どうしてしまったんだ？　俺達の目指す物は……そうじゃなかったはずだ」

すると。

「シド卿、貴様ぁあああああああ──ッ！」

「なんて無礼なことを言うのだッ！」

「この野蛮人がッ！　礼を、礼をわきまえろッッッ！」

「王の為《な》すべきに疑いを挟むなど、言語道断ッ！　騎士の風上にも置けぬッ！」

「王よ！　このような不敬なる者、最早《もはや》、騎士団には必要ありませぬぞッッッ⁉」

その場が、たちまち怒号に包まれていく。

これが……あの義に厚き、誇り高き騎士達の姿か？

俺のような男が名を連ねていることを誇りに思えていた騎士団の姿か？

誰も彼もが、俺を口汚く〝野蛮人〟と罵る。

リフィスも、ローガスも、ルークも。

この場の誰も彼もが、俺が心から尊敬できる、素晴らしい騎士の中の騎士達であった。

だが、今は──

「お前達も……本当におかしいぞ……一体、どうしてしまったんだ……？」

「まだ言うかッ！　この野蛮人風情《ふぜい》がッ！」

「決闘だッ！　表に出ろッッッ！」

「この騎士団から叩き出してやるッッッ！」

最早、取り返しのつかない事態にその場が流れようとしていた……その時だった。

「待つんだ、皆」

アルスルの静かな、それでいて穏やかな言葉が、一同を抑える。

「皆、そんなにシド卿を責めてないでやってくれ」

「し、しかし……」

「シド卿はちょっと疲れているんだよ……なにせ、僕の旗揚げの時から、ずっと一緒に休みなく戦い続けている、最古参の騎士だからね」

「…………」

「ごめんね、シド卿。今まで、ちょっと無茶をさせ過ぎた」

「違う。アルスル、俺は……」

無茶なんて、無理なんて、無謀なんて、思ったことはなかった。

俺は、アルスルのためならどんな地獄の戦場だって戦えた。

お前の目指す世界を見るためなら……この命、惜しくなかった。

だけど、最近のお前は——……

「今回の戦は、シド卿抜きでやろう」

だが、俺の思いは、アルスルには届かない。

「皆、この僕にどうか力を貸して欲しい。この世界に真なる平穏をもたらすため！　我らが千年の王国のために！」

「「「ぉおおおおおおおおおおおおおおおおおお——ッ！」」」

「「「聖王万歳ッ！」」」

「「「アルスル万歳ッッッ！」」」


そうやって、アルスルを中心に盛り上がる騎士達を。

俺にとって掛け替えのない仲間達だった騎士達を。

俺はまるで、遠い他人のように眺めている。

「さぁ、フロレンス。今回の戦略を教えてくれ」

「畏《かしこ》まりましたわ、私の愛《いと》しい主様……今回のダクネシア攻略は、必ずや貴方様《あなたさま》の覇道の大きな助けとなりましょう」

そう言って。

アルスルにずっと寄り添うフロレンス──その卓越した知性で──が、穏やかに笑みを浮かべ、今回の戦略について語り始める。

最早、俺のことなど眼中にないらしい。

戦準備に盛り上がる一同に背を向け、俺はそっとその場を去った。

最後にちらりと俺が振り返り、流し見ると。

「…………」

立ち去る俺を、フロレンスが見ていた。
その妖しげな笑みが――妙に印象的であった。
何かが――引っかかった。

〜〜〜。


「……はぁ……はぁ……」

暗く、寒々しく、しんと静寂する空間に、荒い息が響き渡る。

シドだ。

「……やれやれ、さすがにしんどいな、これは」

息を整え、シドが辺りを見回す。

そこは――ダクネシア城のエントランス・ホールであった。

無数の支柱が一定の間隔で立ち並んでいる。

恐らく、異界の一種なのだろう。外からは想像もつかぬ、膨大な奥行きと空間が延々と左右と前方に続いてる。

最奥《さいおう》は深淵《しんえん》の果てに呑《の》まれ見えないほどだ。

シドは、正面から五十万騎の軍勢を突破し、正面城門から城内へと堂々侵入したのだ。

『封鎖……終わりました』

シドの傍《かたわ》らに光の粒子が躍り、光の妖精神《エクレール》の姿が現れる。

振り返れば、正面城門は巨大な光の魔法陣によって封鎖されている。

光の妖精神《エクレール》がその神力を使って結界を張り、表でまだ無数に跋扈《ばっこ》する亡霊の騎士達を、完全にこの城から締め出したのだ。

同時に、これはシドがもう撤退できないことを意味する。

前に進む以外ない、片道切符。地獄への一方通行。

もう二度と、戻れない。

だが、シドにとって、そんなことは、さほど気にすることではなかった。

なぜなら……最初から、自分がもう帰れないことはわかっていたからだ。

「助かった。ありがとうな、光の妖精神《エクレール》」

シドが、自分の腰に差している、もう一振りの剣——光の妖精剣の柄《つか》をなでる。

先ほどまでの戦いでは、まだ一回たりとも抜いていない。

自分に残された力も、光の妖精神《エクレール》に残された力も少ない。

なるべく温存する必要がある……魔王エンデアに会うまでは。

「さぁ、そろそろ行くか。エクレール」

荒くなった呼気が落ち着くのを待ち、シドが言った。

「こうやって、この城の最上階を目指して、俺とお前の二人でな……ははは、まったく、あの時と同じだな」

そんな風に笑い飛ばしながら、立ち上がり、歩き始めようとするシドへ。

『本当に……良かったのですか？　シド卿《きょう》……』

光の妖精神《エクレール》が不安げに聞いてくる。

「ああ。どうということはない」

呼吸を整えたシドは、穏やかに答えた。

「魔王の【黄昏《たそがれ》の冬】が再び始まった以上、俺にも、お前にも時間がない。それに――どの道、この戦いがどうなろうと、俺は終わる。そういう契約だったからな」

シドが右手の甲の紋章を見せる。

心なしか……以前よりさらに紋章は薄くなっていた。

沈痛そうに押し黙り、俯《うつむ》く光の妖精神《エクレール》。

『…………』

「まぁ……アルヴィン達に事情を何も説明出来なかったのが、ちと心苦しいが……しゃーない、一分一秒を争う事態だ。こうしている間にも、俺達の時間は……」

と、その時だった。

遥《はる》か彼方《かなた》の闇の中で、気配が動いた。

「……まぁ、来るよな。当然」

シドがわかっていたとばかりに黒曜鉄の剣を抜き、構える。

察した光の妖精神《エクレール》が光の粒子となり、シドの腰の光の妖精剣へと戻っていく。

そして、音が聞こえてくる。


ざっ、ざっ、ざっ……


それは騎士具足の足音だ。

闇の向こう側から奥から、無数の騎士達がやってくるのだ。

全員が、黒の全身鎧《よろい》と黒の外套《マント》に身を包んだ、屈強なる騎士だ。

それが群れをなし、隊伍《たいご》を組み、槍《やり》を並べて、剣を携え、シドへと向かってわらわらと湧いて出てくる。

やがて、このだだっ広いエントランス・ホールに、騎士達はシドを取り囲むように円陣を組み、無数に埋め尽くした。

まるで鼠《ねずみ》一匹逃さぬとばかりの分厚く、圧倒的な包囲網であった。

「オープス暗黒教団の暗黒騎士か」

シドの誰何《すいか》には、誰も答えない。

ただ、沈黙をもってそれを是としている。

ただ、殺気と殺意をもって、敵であることを物語っている。

普通ならば、絶体絶命の危機ではあるが――

「止《や》めとけ。悪いが、お前達では相手にならん」

シドは余裕だった。

「俺が用あるのは、魔王エンデアとその側近である大魔女フローラだけだ。

他の連中にはまったく興味ない。

これより悪鬼が推して参る。死にたくなければ、去れ」

そう穏やかに言った途端。

壮絶な殺気が、シドから暴力的に吹き荒れ――その場の全ての暗黒騎士達の鎧をビリビリと震わせ、軋《きし》ませる。

「「「「……ッ!?」」」」

屈強な暗黒騎士達の誰もが一瞬でシドに気圧《けお》され、呑まれ、一歩退いてしまう。

思わず、シドに対する道を開けかけて——


「らしくないな、《野蛮人》。貴様ともあろう男が、斯様《かよう》な駆け引きに出るとは」

「どうやら、思った以上に〝時間〟とやらは残り少ないらしいですね？」


重厚な、そして威圧感ある二人の騎士の声が、ホール内に響き渡った。


「……ッ！」

その声を聞くや否《いな》や、あのシドが警戒し、静かに身構える。

すると。

かつん、かつん、かつん……

暗黒騎士達の人垣の向こう——遥か深淵の闇の先から、新たな足音が聞こえてくる。

足音の主は二人。空気をビリビリと振動させる圧倒的なマナ圧と存在感を放ちながら、近づいてくる。

すると、無数の暗黒騎士達の人垣が、まるで潮が引くように左右二つに割れて——

人垣でできた道を、その二人の騎士が悠然と歩いて来る。

やがて、シドの前に姿を現したのは……

「獅子《しし》卿。一角獣卿。いや……ローガス＝デュランデ。ルーク＝アンサロー」

シドが目を細めて、その二人の騎士の名を呼んだ。

「こうして、相対するのは久しぶりだな、シド＝ブリーツェ」

「貴方との再開、心待ちにしていましたよ」

獅子卿──ローガス＝デュランデ。

一角獣卿──ルーク＝アンサロー。

梟《ふくろう》卿リフィス＝オルトールと共に、聖王アルスルに仕えしかつての戦友達が、シドの前に姿を現していた。

だが──

「嘆かわしいぜ。ローガス、ルーク」

シドはどこか哀《かな》しげに言った。

「お前達ともあろうほどの騎士が、なんて様だ。

俺は……お前達を、心の底から尊敬していた。

お前達は、俺のような空っぽな《野蛮人》とは違う。

誰かから与えられた騎士道を全うするしか知らぬ、俺のような狂犬とは違う。

お前達は……お前達の真《しん》に信じる騎士道を歩む、騎士の中の騎士だった。その生き様は何よりも尊く、その剣を握る姿はこの世界のあらゆる美姫《びき》達よりも美しかった。

それが……なんて様だ。闇の力に墜《お》ち、己を見失い、仮初《かりそ》めの生にしがみつき、在りし日の王の残滓《ざんし》に、未《ま》だ未練たらしく縋《すが》り付く。それのどこが騎士か。恥を知れ」

「……ッ！」

そんなシドの淡々と容赦ない言葉に、ローガスが背中の大剣を抜きかけて――

「……待ってください、ローガス」

ルークが、それを手で制する。

そして、一歩前に出て、その一角獣の兜《かぶと》を脱いだ。

そこには――その美しい美貌に、一筋の向こう傷が走った女の顔があった。

「ルーク？」

「……今はルーシーとして貴方《あなた》と相対しましょう」

「…………」

「シド卿。お互い、もう過去のことは水に流しませんか？」

ルークが淡々と、それでいてどこか懇願するようにシドへ言った。

「確かに……かつて、我々の道は、すれ違ってしまいました。

そして、貴方は聖王を……我々を裏切り、牙を剝《む》いた。

貴方に言わせれば、先に裏切ったのは我々、ということになるのでしょうが」

「…………」

「かつて、我々は同じ王を主君に仰ぎ、同じ物を見据えていました。

同じ理想を掲げ、共にその実現に燃えていました。

あの時の、手を取り合って共に歩み、戦い続けていた日々は今でも思い出せます……私はあの日々を今でも、何よりも尊いと思っています」

「…………」

「確かに、私は貴方が憎い。

私達の栄光に泥を塗り、全てをブチ壊しにした、貴方が憎い。

それでも……あの在りし日の時代、貴方と共に戦場を駆け抜けた、あの輝かしい日々を
……私は忘れられません。忘れられるわけがないのです。シド゠ブリーツェ」

シドは黙って、ルークの言葉に耳を傾け続ける。

「だから、もう一度、取り戻しませんか？　我らの理想のあの日々を」

「…………」

「確かに、あの頃の理想とは大きくかけ離れてしまうかもしれません。

されど、時の流れ、時代の変遷と共にいつか終わりを告げ、尽きてしまうあの騎士達の理想とは違う。

我々が、永遠に騎士の理想を追い続けることができる……そんな時代が来るのです。

【黄昏の冬】……それがもたらす死と静寂の世界は、永遠なのですから」

「それに……〝あの御方〟も、じきにご帰還なさるぞ」

口を挟んだのはローガスだった。

「なぁ、シド卿。考え直せ。本当にこの状況、貴公一人でどうにかできると思っているのか？　貴公の時間も、もう短いのだろう？」

「…………」

「貴公ほどの騎士を失うのは、実は我も惜しいのだ。

なにせ、俺と貴公の決着は、まだついてはおらぬ。

そして、やがてくる新時代においても、貴公ほどの武《ぶ》の者が居なければつまらぬ。

なぁ、シド卿。そろそろ考え直せ。

また、再び我らと共に歩もうではないか。

そして、我と貴公で、永遠に武を、技を研鑽《けんさん》し、極め続けようぞ！」

ローガスの大音声《だいおんじょう》が、まるで闇に染《し》み渡っていくように響き渡る。

やがて、しん、と静寂するその場。

しばらく、その場は外で荒れる吹雪の遠き音だけが反響する無音の世界であったが。

「……ふっ」

不意に、噴き出すような笑いが、それを破った。

シドだ。

「ふふふっ……ははは……あっははははははははははははははははっ！」

あのシドが笑っていた。

普段は、クールで穏やかなシドが、まるで楽しい玩具《おもちゃ》を見つけた子供のように、明るく無邪気に、楽しげに笑っていた。

「ああ、いいな！　いいな、それ！　それができたらどんなにいいことか！」

そうやって、シドはひとしきり笑って、不意に笑いを止めて。

「だが──断る」

二人の暗黒騎士を真っ直《ま》ぐ見据《す》え、そう厳然と言い捨てるのであった。

「ルーシー。ローガス。お前達こそいい加減、目を覚ませ。

俺達の時代は、もう終わった。もう終わったんだよ」

「シド卿《きょう》……ッ！」

「確かに、あの終わり方は受け入れがたかったよ。俺も……お前達もな。俺達の目指した理想の果てがあんなことになるだなんて、夢にも思わなかった。

聖王アルスルの下、輝かしい栄光と未来があるものばかりだと思ってた。

伝説時代の騎士が、英雄がと、偉そうに後世へ誇ったところで、見てくれだけの逸話や事実を偽ったところで、俺達は何もかも間違えた、上手《うま》くいかなかった、それだけだ。

だが、それはもう、今さら挽回《ばんかい》は利《き》かない、〝終わったこと〟なんだ」

シドが溜息《ためいき》を吐く。

「終わった物に縋り付いて、諦めきれずに縋り付いて。

明らかに間違っていたことを、強引に間違っていなかったこと、正しかったことにしたくて、世界の歴史に証明したくて、しつこく、しつこく粘着して。

そんな終わった人間達《おれたち》のエゴで、あの哀れな少女《エンデア》を生《い》け贄《にえ》にしたのか？　この世界の未来を奪うのか？

一体、どれだけ自分達の顔に泥を塗れば、恥の上塗りをすれば、気が済む？

これ以上、俺を失望させるのは、本当にやめてくれよ」

「……ッ！」

「胸を張るしかあるまい？

たとえ、どんなに悔しい結果や、無様な事実だったとしても。

それが……あの時代を生きた俺達の全力だった、精一杯だったんだ、と。堂々胸を張るしかないだろう？　たとえ後世の人間にどれだけ後ろ指を指されても」

そうシドが、穏やかに、だけど強く言い放つと。

「誰もが……貴方のように割り切って、強く生きられるわけではないんですッ！　ありのままを受け入れられる悟りの境地に至れるわけではないッ！」

すると、ルークが憤怒《ふんぬ》も露《あら》わに叫んだ。

「私は……終われませんッ！　終わらせたくないんですッ！」

「ルーシー……」

「私とて……こんなことは間違っているってわかっています、最初から！

一体、どうしてこんなことになってしまったのか、未《いま》だにわからないッ！

それでも、止まらない、止められないんですッ！　この闇に膿《う》んだ心が、それを欲《ほっ》している……ッ！　それをどうしても抑えられないッ！

私だって……シド卿、貴方さえ……貴方さえ、いなかったら……ッ！」

目尻に涙すら浮かべて、シドを真っ直ぐ見据えるルーク。

かつて、女だてらに男として騎士になった騎士——一角獣卿、ルーク。

生まれながらに女としての幸福を完全に奪われた、かつての戦友。

「私には戦場しか……貴方と共に駆ける戦場しか……それ以外、何もなかったんです」

奇《く》しくも、生まれながらに男として王になることを強要された主君を、今世での新たな主と掲げるシド。

そんなシドに、ルークが一体、何を思っているのか。

かつて、どんな感情を抱いていたのか。

「…………」

シドは……何も語らない。

語るつもりも、意味も、資格もない。

そして――

「問答はここまでだ」

俯《うつむ》いて震えるルークの肩を、ローガスが叩《たた》く。

「相容《あいい》れぬならば剣で語るのみ。結局、我らの法は至極単純。それしかない」

「そうだな。わかりやすくていい」

ずらり、と。

シドが黒曜鉄の剣を抜き、逆手で構える。

それに応じるように、ローガスが大剣を抜く。

ルークが一角獣の兜を被《かぶ》り直し、槍《やり》を構える。

「騎士にとってあるまじきだが、二対一だ。こちらも退くわけにはいかぬでな」

「悪く思わないでください、《野蛮人》」

静かに殺気と闘騎、存在感を高める二人に。

「相手にとって、不足なし」

シドは不適に笑みを返し、ウィルの呼吸を深くする。

睨《にら》み合う両陣営。

両者の存在感とマナ圧は高まって、高まって、際限なく高まって……

伝説時代の騎士同士の戦いの予感に、その場の誰もが息を呑《の》んで。

空気が張り裂けそうなほどに張り詰めていって。

そして——それが極限に到達した瞬間。


「はぁあああああああああああああああああ——ッ！」

両者が互いをめがけて、神速で突進を開始した。

空気をぶち抜く速度で巻き起こる三本の衝撃波《ソニックブーム》。

ローガスが大上段から振り下ろす大剣を受け止める、シドの右手の剣。

ルークが閃光《せんこう》のように突き出す槍の一撃を受け流す、シドの左手の手刀。

それらが巻き起こす、壮絶な剣圧。

三人の伝説時代の騎士達の激突によって発生した剣圧が、逃げ場を求めて、その場で一瞬、ぐるんと渦を巻いて——

やがて、爆発的に四方八方へ拡散する。


「「「ぐわぁあああああああああああああああ——ッ!?」」」

三人の周囲を囲んでいた暗黒騎士達が、その余波を受けて、まるで嵐の中で舞う木の葉のように宙を舞い、吹き飛ばされていくのであった——

——。

それは想像を絶する戦いだった。

まさに、伝説時代の騎士の戦いの具現だった。

シドが、ローガスとルークが壮絶に打ち合っている。

ローガスは右翼から、ルークは左翼から。

大剣と槍で壮絶に、シドを攻め立てる——

一撃ごとに、空間がひしゃげたような剣圧が、その場を吹き荒れていく。

「……ッ！」

それをシドは、右手の黒曜鉄の剣、左手の手刀で受け流していく。

耳をつんざくような衝撃音が断続的に、遥《はる》か闇の彼方《かなた》まで空間を伝播《でんぱ》する。

「どうした、シド卿ぉッ！」

ローガスが大上段から大剣を振り下ろす。

それをシドが剣で受けた瞬間、大剣から大爆炎が上がり、シドの身体《からだ》を焦がす。

「貴方《あなた》にしては、手応えがありませんねっ！」

ルークが槍を旋風のように振るう。

槍から巻き起こる壮絶なる風が、無数の真空の嵐刃となって、シドの全身を切り刻んでいく。

「ち——」

巻き起こる爆炎嵐刃の中に揉《も》まれるシドが、黒曜鉄の剣を逆手で横一文字に振るう。

翻《ひるがえ》る黒閃《こくせん》。

「甘いわ！」

刹那、それをローガスが大剣で叩き落とし――

「せぇやぁあああああああああああああ――ッ！」

そのローガスの背後から飛び越えるように、ルークが槍を突き下ろす。

「……ッ⁉」

槍は咄嗟《とっさ》に頭を振ったシドの肩を抉《えぐ》って、掠《かす》め――

「ぉおおおおおおおおお――ッ！」

さらに、その刹那、ローガスが大剣を空間ごと断撃する勢いで振るった。

「……くっ！」

シドはウィルでマナを収束した左拳の甲でそれを受け止める。

――が。

ローガスの壮絶な剣圧は殺しきれず、シドの身体がまるで蹴っ飛ばされたボールのように吹き飛び、何度も床をバウンドし、転がっていって。

「そこ！」

すでに追いつき、回り込んでいたルークが、床を転がるシドへ上空から槍を突き出した。

すると、シドは左手一本で床をつき、その場を横に跳び下がる。

その瞬間、ルークの槍が床をぶち抜いて大穴を空けて、城内を激震させ——

「逝ねぇいっ！」

その先にも、すでにローガスが大剣を構えて待っており——

「はぁあああああああああああ——ッ！」

シドの背後からは、ルークが槍を構えて神速で迫りつつあり——

その瞬間、ローガスとルークは、殺《や》ったと確信し、
その瞬間、周囲の暗黒騎士達は、終わったと確信する。

だが。


「舐《な》めるな」


刹那、その場を閃光が爆《は》ぜた。

「ぐおおおっ⁉」

「くぅうううううううう——ッ⁉」

バチィ！　と稲妻が激しく躍り、ローガスとルークが撥ね返されたように、それぞれ前後へ吹き飛んでいく。

「「「ぎゃあああああああああああああああ──ッ!?」」」

吹き飛んできたローガスとルークの巻き添えを食らって、暗黒騎士達が吹っ飛び、悲鳴を上げた。

見れば。

シドが、右手の剣と左手の手刀を振り抜いた姿で、ピタリと残心している。

その全身には、パリパリ……と、稲妻の残滓《ざんし》が宿っている。

あの絶体絶命の一瞬、何があったのか、誰にも見えなかった。

恐らく、その場でただ回転しただけ……ということだけが予想できた。

「ただただ、軽い」

シドがそう厳然と言い放つ。

「かつてのお前達ならいざ知らず、今のお前達の無様な剣など、二人同時に相手にしたところで問題にならん。

リフィスと同じだ。お前達は闇に墜《お》ちて、〝強くなっただけ〟だ。

伝説時代のお前達は……もっと強かった」

静かな佇《たたず》まいながら、そのシドの全身に漲《みなぎ》る裂帛《れっぱく》の気迫に。

たった一人で暗黒騎士団最強の二人を圧倒してみせた、その底の見えない武《ぶ》に。


「「「……ッ!?」」」


その場の暗黒騎士達の誰もが息を呑んで硬直する。

シドの隙だらけの背中を前に、誰もが動くことが出来ない。

だが──

「……ほう？　やはり流石《さすが》だな、《野蛮人》」

「変わりませんね、貴方は」

ローガスとルークの二人は、悠然と起き上がる。

先のシドの壮絶な一撃を受けて、まるでダメージがないようであった。

「〝強くなっただけ〟の我らを相手に、こうも善戦できるなど、相変わらず理屈のわから
ぬ領域にいる男よ」

すると、シドも悠然と答える。

「別におかしくない。剣に宿る重みは、何もマナや技量のみによるものではない。騎士としての想《おも》いの強さこそが、その剣の重さと輝きとなる。ましてや、このような半異界においてはな。たとえば、この時代に……テンコ＝アマツキという騎士がいる。お前達も少しは彼女を見習ってみたらどうだ？」

「……ふん、戯《ざ》れ言《ごと》を」

「この温《ぬる》い時代の軟弱なる騎士共に、我らが学ぶことなど何もありませんよ」

そう言い捨てて。

ローガスとルークが再び、各々《おのおの》の得物を構える。

「しかし、貴方は私達の剣を軽い、と言いましたが。貴方の剣も相当に軽いですよ？」

「はっきり言って拍子抜けだな、シド卿《きょう》。

我々も決して譲れぬ戦いであるがゆえ、万全を期して二人であたることを命じられはしたが……これでは、別に一対一の決闘でも良かったかもしれんな」

「伝説時代でしたら、すでに私達二人の首が宙を舞っていたかもしれませんが」

「……まさか。伝説時代だったら、お前達ほどの騎士を二人も同時に相手取れるわけないだろ」

「減らず口も相変わらずですね……」

忌々《いまいま》しそうなルークを余所《よそ》に、ローガスが続ける。

「しかし、事実、貴公の剣は軽いぞ、シド卿。かつての壮絶なる重さの剣は、一体、どこへ行った？　そんな剣で我らを討てると本気で思っているのか？

まさか、かつての同僚を前に、手心を加えているわけでもあるまい？」

「あるいは——貴方に残された時間は、思った以上にないのでしょうか？」

そんなルークの問いに。

「…………………」

シドはただただ無言で応じるしかない。

「ままならぬものよ……」

すると、ローガスが少しだけ残念そうに言った。

「貴公とはあの頃から、何の気兼ねもなく、全力でやり合いたいと思っていた。

だが、伝説時代に於《お》いてはついぞ機会に恵まれず、我らの立ち場が許さず。

そして、今世に於いては状況が許さず、貴公に残された時間が許さぬ」

「……そうだな。運命というものは、よほど俺達が嫌いらしい」

「だがな、この世界を闇が支配すれば……もうそんな柵などなくなるぞ？　シド卿」

「くどいな。悪いが、そもそも、今のお前と技を競う価値など、微塵《みじん》も感じない。今のお前達は、ただの討ち倒すべき敵だ」

「……ッ！　相変わらず頑固で可愛《かわい》げのない男だ」

「ローガス、もう問答は止《や》めましょう。今は我らが主君のため、シド卿を討ち滅ぼすべき時です。……それに、この男はどうせ、私達の思い通りには決してなりませんよ。シド＝ブリーツェとは……そういう男です。だからこそ、私は……」

ルークがどこか寂しげにそう言い捨てて、槍《やり》を構える。

ローガスも大剣を構え、シドも応じるように、再び深く低く身構える。

そして、その場の誰もが無言になった。

もう互いにこれ以上交わす言葉はないという無言の意思だった。

と、その時だ。

『シド卿……』

腰の鞘《さや》に納めてある、光の妖精剣から、シドへその意思が伝わってくる。

『貴方の騎士の矜持《きょうじ》もあるのでしょうが……事実、この二人の騎士は強い。一人ならまだしも、二人同時に相手取れる相手ではありません……少なくとも今の貴方では。

貴方《あなた》ならもうとっくにわかっているはずでしょう?』

(ああ……そうだな)

『思った以上に、貴方には時間がないのです。先の亡霊の騎士達との戦いで、貴方はすでに相当なる消耗をしてしまいました。このままでは……』

(……なるようになるさ)

そう心の中で、笑って。

シドは剣を構え、今、倒すべき眼前の敵達だけを見据える。

そして――

三人の騎士達の戦いは、さらに加速していくのであった。

――――。

――。

戦いは続く。

延々と続く。

城内を激震させ、支柱を倒し、三人の騎士が激しく斬り合い、争い合う。

ローガスとルーク。

二人の最強クラスの騎士を相手に、シドは一歩たりとも退かなかった。

それどころか、要所では二人を圧倒し、押し返すことすらあった。

だが。

徐々に、徐々に……戦いの趨勢《すうせい》が傾いていく。

ある時から一転して、まるで息切れでも起こしたかのように、シドの動きが鈍くなっていったのである。

当然、そんな隙を見逃すローガスとルークではない。

ここぞとばかりに、シドを猛然と攻め立てる。

それまでは余裕をもって二人の攻撃を捌《さば》いていたシドだが、徐々にローガスとルークの攻撃をもらっていくようになる。

当然、致命傷は避け続けてはいるが……徐々に、徐々に、二人の騎士の攻撃がシドを削っていく。

それでも、シドは臆さず退かず、ローガス、ルークの二人と淡々と戦い続けるが。

どうにも、シドの動きの精彩は戻ることなく。

シドは攻撃を受け続け、そして――……

――。

「……無様だな、シド卿。大口叩《たた》いておいてその程度か？」

「…………」

全身に刀傷を負い、血まみれになったシドが、無言でローガスとルークを見据えている。

「言ってやらないでください、ローガス」

シドへ失望の言葉を投げかけるローガスへ、ルークが言った。

「今のシド卿は明らかに精彩を欠いています。あらゆる出力が、当初よりガタ落ちしています。やはり……彼には〝時間がない〟のでしょう」

「…………」

「そもそも、いくらシド卿とはいえ、ここまでがすでにおかしいのです。外の大群を単騎で突破したことが、すでに並大抵の武勇ではありません。

あの戦いで相当の消耗をし……そして、我々二人を同時に相手です。

曲がりなりにも、斯様《かよう》に勝負になっていることの方がおかしいのですよ」

「……考えてみれば、そうだな」

ローガスが嘆息したように言った。

「どうだ？　シド卿。まだ続けるか？　いくら類い希《まれ》なる武勇を持つ貴公といえども、さすがにわかっているだろう？　この場の趨勢が」

「……そうだな」

すると、シドが参ったな……と言わんばかりに肩を竦《すく》めた。

「さすがだよ、お前達。やっぱ強いわ。

俺も熱くなり過ぎてたっていうか、少し意固地になっていうか。

まぁ、色々とおべんちゃら並べ立てても、そりゃあ、お前達同時二人相手は無理だ。

せめて、できれば一対一が良かったんだがな」

「フン、どうでしょうかね。もし、貴方が万全の状態だったら、あるいは……」

ルークが、ぼそりとそんなことを漏らす。

「……本当に……この世はままならぬ物よ」

ローガスも、どこか悔しげにぼやく。

「せっかく貴公と剣を交える機会を、千年の時を超えて得たというのに……このような不本意なる形となり、不完全燃焼この上ない」

「そんなもんさ、この世界」

そんな風に、シドが自嘲気味に呟《つぶや》いて。

しばらくの間、その場に沈黙が舞い降りた。

やがて。

「本当にこれが最後です」

ルークが言った。

「……私達と共に、新たな王を戴《いただ》きませんか？」

「…………」


しゃきん。


シドの返答は、黒曜鉄の剣を静かに構え直す音だけだった。

「…………」

それで、最早《もはや》問答は最後まで無用と誰もが悟った。

後は自分の譲れない物のために、眼前の敵を剣で斬り伏せるのみ。

それが誰であろうと。なんであろうと。

……とはいえ。

（参ったな……）

シドは内心、苦笑していた。

（思った以上に、身体《からだ》が衰える速度が激しい。……これは完全に想定外だ）

『シド卿《きょう》……』

光の妖精神《エクレール》が、不安げにシドの心に語りかけてくる。

『どうするのですか？　もう互いに時間もありませんが……』

すると。

シドは覚悟を決めたように、光の妖精神《エクレール》の柄《つか》に左手をかける。

意図を察したエクレールが、目を瞬《しばたた》かせる。

『……使うのですか？　私を』

（……ああ。もうなりふり構っていられん）

『で、ですが……仰《おっしゃ》ったじゃないですか？　今、私を使えば、あっという間に、貴方は枯渇《こかつ》する……貴方は目的を果たせなくなります』

（延長戦を要求する）

『……え、延長戦……？』

(力を得るには、代償が付きものだ、そうだろう？

お前の力を振るうに、俺の時間が必要だというのなら。

お前の力を振るい、時間を温存するには、他の物を代償にするしかない。違うか？)

『……ま、まさか……？』

(そうだ。俺の魂。俺の存在そのものだ。……できるな？)

に、と。シドは笑った。

(遠慮するな。俺から何もかも持って行け、光の妖精神《エクレール》)

『待って！　待ってください！』

すると、エクレールから反発するような、泣き叫ぶような意思が伝わってくる。

『ただでさえ、私は貴方に重すぎる宿命を課してしまったというのに！　その上、さらに貴方の存在そのものまで犠牲にしろと言うんですか!?

わかっているんですか!?　存在の消費は即《すなわ》ち、虚無！

それをやれば、この戦いが全て終わった後、貴方はもう未来永劫《えいごう》、輪廻《りんね》転生を果たせない！　この世界の命の理《ことわり》から、完全に消えてしまうんですよ!?

そんなの……あまりにも……あまりにも……ッ！』

（気にするな）
泣き叫《わめ》く一歩手前のような光の妖精神《エクレール》に対し、シドはどこまでも穏やかだった。
（俺の存在一つと引き換えに、未来を守れるなら安いものだ。
むしろ、《野蛮人》の俺が、そこまでできるなんて望外の誉れとも言える。
『シド卿……ッ！　シド……ッ！　私……私は……ッ！』
そして――
「悪いな、ローガス。ルーク」
シドが……光の妖精剣の柄を左手で摑《つか》んだ。
「お前達相手にこんなことをしたくないんだが……俺も譲れないのでな。
ちょいと、ズル《チート》を使わせてもらう。悪く思うなよ？」
「……ッ!?」
「……ッ！」
警戒し、ローガスとルークが身構える。
そして、シドが、コォオオオ――と、いつもよりも深く、低くウィルの呼吸をすると。
ビリビリ……と、城内の大気が張り詰めたように震え始める。
ガタガタ……と、城全体が揺れ始める。

シドの存在感が……冗談のように膨れ上がっていく。

やがて。

「…………ッ！」

シドが無言で。

その剣を……光の妖精剣を抜きかけた……まさに、その瞬間だった。


カッ！


空間に、光の妖精剣のものとはまったく違う、新たな光が弾《はじ》けた。

それが、その場をさらに強く、白く染め上げた。

「……！」

「……なっ⁉」

「なんですか、これは⁉」

この予想外の展開に、思わず身構えるシド、ローガス、ルーク。

一体、何が起きたのか。この光は一体なんなのか？

三人が推し量っていると。

突然、虚空《こくう》に門が開き――

光が。光が。

圧倒的な光が、その中から溢《あふ》れ出してきて――

そんな光の奔流と共に。


「全騎抜刀！　前へッ！」

「「「「おうッ！」」」」

光の中から、無数の騎士達が鬨《とき》の声を上げ、ホール内へ一気に雪崩《なだ》れ込んでくる。

毅然《きぜん》とした足取りで、その場に隊伍《たいご》を組み始めるその騎士達の正体は――

「シド卿！」

「師匠！」

アルヴィン、テンコに。

「ったく、水臭ぇなぁ、俺達の教官は！」

「まったくですわ！」

「まぁ、アンタはそういうキャラなんだろうがな……」

「でも、教官一人でなんて……そんなことはさせませんっ！」

「その通りですっ！」

クリストファー、エレイン、セオドール、リネット、ユノ達、ブリーツェ学級《クラス》のメンバーに。

「フン！　貴様だけに手柄を独り占めなどさせんぞ！　シド卿！」

「そんなこと言って……滅茶苦茶《めちゃくちゃ》心配してたくせに……」

「本当に、ルイーゼは素直じゃないな……」

「う、うるさいぞ、お前達⁉」

ルイーゼ、オリヴィア、ヨハン……

「力及ばずとも、俺達も戦います！　シド教官！」

「私達だって！　そのために、貴方《あなた》に教わったのですから！」

そして、シドに薫陶《くんとう》を受け、魂《ウィル》を学んだキャルバニア王立妖精騎士学校の全ての学級《クラス》の生徒達が、続々と光の奔流の中から現れる。

さらには――……

「お前達……？」

シドが、後から現れたその人物達を、意外そうに流し見た。

「ちっ……腕が二本、足が二本あれば……剣は振れるのだろう？」

バーンズ、アイギス、カイムを筆頭とする、今は妖精剣の力が失われている妖精騎士達まで続々と現れて、アルヴィン達の後方に隊伍を組み始めていた。

そして、対峙《たいじ》するキャルバニア妖精騎士団とオープス暗黒騎士団。

突然現れた敵の増援に、その場の暗黒騎士達が微《かす》かに戦《おのの》いて。

「なんだ、此奴《こいつ》らは……？」

「一体、どうやって……？」

さしものローガスとルークも、呆気《あっけ》にとられるしかない。

シドもまったく同じ思いでいると。

「……逆召喚ですよ」

本流する光の中から、悠然とイザベラが歩いてくる。

「貴方がアルヴィンの召喚を拒否するので、まったく逆のことをしたのです。すなわち、貴方の元へ我々を召喚する……アルヴィンとその右手に宿る古《いにしえ》の秘術を媒介にすれば、決して不可能なことではありません。

もっとも――さすがに大魔法過ぎて、準備に時間がかかりましたが」

にっこりと、イザベラがシドに笑いかけた。

「ははは……参ったな、これは予想外。さすが、できる女は違う」

シドも、これには一本取られたとばかりに、肩を竦《すく》めておどけてみせる。

そして、そんなシドの元へ、アルヴィンが悠然と歩いてくる。

「一番槍《いちばんやり》争いと独断先行は、戦場の華。だが、主君の命を無視して先走った罪は重いぞ、シド卿」

「……申し訳ありません、我が王」

「聞かぬ。よりいっそうの槍働きをもって挽回《ばんかい》せよ」

「……は」

シドがバツが悪そうに頭を掻《か》いていると。

「貴方が……何かとても大きなことを背負っているのはなんとなくわかります。でも……」

アルヴィンは、シドにのみ聞こえる声で弱々しく呟《つぶや》いた。

「もう、こんなことは止めてくださいね」

「…………」

どこか怒ったような、それでいて哀しげなアルヴィンの言葉に、シドは何も言えなくなってしまう。

そして――

「師匠！　ここは、私達に任せてください！」

「ああ、教官とアルヴィンは先に行ってくれ！　魔王を討ち取ってくれ！」

テンコやクリストファーが、信じられないことを言い始めた。

「……何を言っている？　バカ言うな。

お前達も見違えるほど強くなったが、まだまだローガスやルーク達の相手が務まるわけがないだろう？　あの二人は俺に任せて――……」

「できるできないじゃない、やるんです！　私は……私達は騎士なんですからっ！」

テンコの言葉に、シドは目を瞬《しばた》かせて、呆気に取られた。

「なんで、自分一人で全て背負う気になってんだよ？　いくら教官が桁外れで、化け物で、怪物で、人間半分辞めてるからって、それは傲慢だろ⁉」

クリストファーの言葉が。

「教官とこの戦いにどんな因縁があるのかはわかりませんが……勘違いしないでくださいな、これはわたくし達の戦いでもあるんですよ⁉」

エレインの言葉が。

「自分達の未来は自分達で掴む。ごく当たり前のことだろ」

セオドールの言葉が。

「大丈夫ですっ！　わ、私達だって（多分）強くなったんですからっ！　し、死んじゃうかもですけど……やってやります！　やらせてくださいっ！」

リネットの言葉が。

「いつまでも、貴様に守られてばかりのひな鳥ではないのだ、私達はッ！」

ルイーゼの言葉が。

「教官は、アルヴィン王子様と一緒にボスをバシッとやっちゃってくださいっ！」

ユノの言葉が。

つい、こないだまでヒヨコだと思っていた生徒達から、次々とそのような言葉を投げかけられて。

その時――シドは感慨深く悟るのであった。

〝ああ、俺達の時代は……もうとっくの昔に終わっていたんだな〟……と。

「イザベラ様っ！　新生キャルバニア騎士団、ここに全て集結しましたッ！」

「ご苦労様、リベラ」

このだだっ広いエントランスホールに騎士団が集結し、その場に溢れていた光が徐々に収まってくる。王都と魔都を繋《つな》げた門が閉じていく。

「シド卿《きょう》。ここは私達にお任せください」

そんな中、イザベラがシドへそっと耳打ちする。

「恐らく……貴方には時間がないのですよね……？」

「！」

どうやら、イザベラにはお見通しらしかった。

アルヴィンの右手の紋章を調べれば、わかることなのだろう。

「……敵《かな》わないな、お前には」

「アルヴィンを……どうかよろしく頼みます」

「ああ。お前も生徒達を……この場を頼む」

そう短くやり取りして。

「よっと。失礼、我が主君」

「わ!?」

シドがひょいとアルヴィンをお姫様だっこで抱え上げ――

「全力で飛ばすぜ」

「ぇ――って、きゃああああああああああああああああああああああああああああああああああああああぁぁぁぁぁぁ――ッ⁉」

シドが一条の稲妻と化して、ローガスとルークの間を突っ切る。

そのまま奥で隊列する暗黒騎士団のど真ん中へと突っ込み――それを真っ二つにぶち抜きながら、向こう側へあっという間に抜けていく。

だが、そのままみすみす逃す伝説時代の騎士ではない。

「逃げるか、シド卿！」

「させません！」

ローガスとルークが、そんなシドの背を瞬時に追おうとするが。

「はぁああああああああああああああああああ――ッ！」

裂帛《れっぱく》の気迫と共に、紅蓮《ぐれん》の斬撃がローガスを鋭く襲った。

「何⁉」

ガギィン！　と。

思わずローガスが足を止め、それを大剣で受け止める。

「行かせませんッ！」

ローガスに打ちかかったのは、テンコだった。

「お前の相手は私だッ！　私を見ろッ！　十字傷の騎士！」

ローガスから飛び離れ、深く低く油断なく刀を構えるテンコ。

「未熟な小童《こわっぱ》が……」

そんなテンコを流し見て、忌々《いまいま》しそうに舌打ちするローガス。

そして——

「やれやれ……身の程知らずとはこのことですね」

ルークも忌々しそうに、そう吐き捨てていた。

なぜならルークは今、クリストファー、エレイン、リネット、セオドール……ブリーツェ学級《クラス》の古参メンバーに、すっかり取り囲まれているからだ。

「へ、へへ……お前の相手は俺達だぜ……」

「勝てると思っているのですか？　貴方達の痩せ腕でも、彼我の実力差くらいは読めるでしょうに？」

「あら？　伝説時代の騎士様達の騎士道は……勝てる相手だけ相手どって、勝てない相手には尻尾を巻いて逃げるものなのでしょうか？」

そんなエレインの煽《あお》りに。

「そんな皮肉っぽいところばかり、師匠にそっくりなのですね、貴方達は」

ぐるん、と。ルークが槍を回転させて構える。

びゅごお！　とそれだけで風圧が巻き起こり、エレイン達の身体《からだ》が浮きそうになる。

かつてない死闘の予感に、ブリーツェ学級《クラス》の面々の顔に緊張が浮かぶ。

そして──

「ウィルの使い手達は前へ！　我々《湖畔の乙女》達の魔法が、貴方《あなた》達の戦いを全力で援護しますッ！」

背後にリベラを筆頭とする城の《湖畔の乙女》達を引き連れて、イザベラがそう号令をかけて。

「外の亡霊騎士がいない以上、数では勝っているのだ！　一人の暗黒騎士に対し、複数でかかれ！　今は騎士の名誉もへったくれもない！　勝つことだけ考えろ！

我らの主君と──その第一の騎士のためにッ！」

バーンズ、アイギス、カイムが妖精剣の力を失った騎士達を指揮して。

「我が国、我が世界の興亡ここにありッ！　全軍突撃ッ！」

「「「ぉおおおおおおおおおおおおおおおおおおおおお
おおおおおおおおおおおおおおおお――ッ！」」」

上がるイザベラの号令と、騎士達の鬨《とき》の声と共に。

キャルバニア妖精騎士団と、オープス暗黒騎士団が、真正面から壮絶に激突するのであった――

第五章　古き真実

～～～～。

ビュゴオオオオオオ――ッ！

ビュゴオオオオオオオオオオオオオ――ッ！

思い返せば、あの時も、こんな激しい吹雪の中だった。

世界は、とある男が引き起こした冬の黄昏《たそがれ》の中、白く染まる滅びに向かっていた。

誰が、その男に逆らえよう？

その男は、今や世界を統《す》べる最大の王であり……世界最強の騎士団を従えている、恐ろしき北の盟主――魔王なのだから。

ビュゴオオオオオオオオ――ッ！

ビュゴオオオオオオオオオオオオ——ッ！

激しく哭《な》いている白い空の下、雪を踏みしめる音が響く。

俺は、死んだ都を歩いている。

かつて、俺が唯一の主君と崇《あが》める男が築いた、今は亡《な》き王の都を。

雪と氷の閉ざされたその都を一人歩き続け……やがて、俺はその場所に辿《たど》り着いた。

そこは、今は見るも無惨《むざん》に崩れた妖精神殿。

ボロボロに崩れた神像の前、薄暗いその一角で。

『ひっく……ぐすっ……うぅ……』

一人の妖精の少女が蹲《うずくま》り、さめざめと泣いていた。

半透明で、全身からボロボロと燐光《りんこう》を零《こぼ》し落としながら、その存在が薄くなっていっている。死にかけだ。

『もう……この世界は……終わり……終わってしまう……』

少女は泣きながら、そんなことを嘆いていた。

『私が今まで大切に見守り、育み続けてきたものが……全て、台無しになります……どうして……あの子はそれほどまて、私が憎いのでしょうか……』

俺はその少女の独白を、黙って聞いていた。

『もう、何もかもお終《しま》いです……私が加護を授けたあの人が、あの子の手に墜《お》ちた以上……もう、私にはどうすることもできません。

この世界に、私は、もう、何も干渉することができないのですから……』

「…………」

『ああ、もう……全てが終わってしまった……』

だが。

そんな少女へ、

「まだ、終わっていない」

俺は、毅然《きぜん》と答えた。

「確かに、この永遠の冬は、この世界に夥《おびただ》しい死を振りまいた。

だが……それでも、まだ死んではいない。

生き残った人々は、生物は、妖精達は、この死の冬の中を、今も必死に生きている。いつかこの冬の終わりと春の訪れを信じて……まだ、必死に今を生きている。

そんな者達を、他でもないお前が見捨てるのか？」

『～～～ッ⁉』

はっとしたように少女が目を見開き、顔を上げる。

初めて、俺の顔を見る。

『……貴方は……《野蛮人》シド……？』

「ようやく、お前を見つけた。なにせ、俺は殺気と血の臭いをプンプン振りまいていたせいか、お前ら妖精達に、とにかく嫌われまくってたからな」

そう言って、にっと笑って、俺は言葉を続けた。

「とにかく、まだ終わってない。泣き言は後だ」

『一体、貴方に何ができるっていうんですか……ッ⁉』

そんなことを怒ったように言う少女へ。

俺は堂々と言った。

「俺を、呪え」

『――ッ⁉』

「俺の魂を、運命を、全てお前にくれてやる。だから、俺を呪え」

目を見開いて硬直する少女へ、俺は淡々と続ける。

「古《いにしえ》の秘術に、妖精が人の運命を、そっくりそのまま掌握する呪いがあると聞いた。妖精に呪われ、取り憑《つ》かれた人間は、その運命の譲渡と引き換えに……もっと言えば、その妖精の支配を受けるのと引き換えに、その妖精の力を最大限得ることができる。別におかしな話じゃない。妖精なんて元々、人より高次元の存在なんだからな」

『………』

「ただ……それを良しとしないお前が考え出した、新たな盟約、新たな秘法が『妖精剣』……人と妖精を対等の友とする、共依存の関係だ。

そのお陰で、妖精と人は良き隣人同士《グッド・フェロー》として、長い時を過ごすことができた。

その点に関しては、人を代表して改めて礼を言うぜ。

だが……今は、それじゃ駄目だ」

『………』

「北の魔国の盟主……魔王。

かの魔王を呪っているのは……世界最強の妖精だ。

当然、魔王の力も最強。

このように世界一つを、丸々冬に閉ざすことすらできるように」

『………』

「最強の妖精に呪われた魔王に勝つには、俺も、それと対を為《な》す最強の妖精に呪われる必要がある。すなわち……お前だ」

『戦うのですか？　あの北の盟主と。戦えるのですか？　あの魔王と』

「……戦う。それが俺の騎士道だ」

疑うように聞いてくる少女へ、俺は堂々と答えた。

「俺は、今でもアルスルの騎士だ。ゆえに最後まで、アルスルの騎士としての務めをまっとうするのみ。たとえ、お前に呪われても」

『……わかっているのですか？　私に呪われるということの意味を』

少女が試すように言う。

『それは即《すなわ》ち、私に永劫《えいごう》に縛られるということ。私の永遠の眷属《けんぞく》になるということ。

それはたとえ、貴方が死んだとしても変わらない。

未来永劫、貴方という存在は、私に縛り付けられる。私に使われ続ける、便利な道具に成り下がってしまう。貴方の来世の可能性の全てが失われかねないんですよ？』

「…………」

『きっと、貴方には想像もつかないでしょうが、この世界は『次元樹《じげんじゅ》』という多次元連立平行世界の一部であって……つまり、この世界以外にも、様々な世界があるのです。

たとえば、魔法ではなく、魔術が支配している世界。

逆に、魔法や魔術のような神秘はとうに廃れ、科学が支配している世界。

……高度な科学が支配していながら、《意識の帳《とばり》》が崩れて古の神秘が蘇《よみがえ》り、文明がひっくり返ってしまった世界もありましたね……

とにかく、貴方は、それらのまだ見ぬ世界での、新たな生の可能性を放棄――……』


「〝今〟、〝此処《ここ》〟だ」


突然、言い放った俺の言葉に、少女が目を瞬《しばたた》かせる。

そんな少女を真《ま》っ直《す》ぐ見つめ、俺は言った。

「俺にとっての〝全て〟は〝今〟、〝此処〟なんだ」

『～～～ッ⁉』

「後悔はない。この世界での、アルスルとの出会いとその日々は……そうするだけの価値があることだったと、俺は決して後悔しない。

だから、頼む。俺を呪ってくれ、光の妖精神《エクレール》」

『……わかり……ました……』

少女──光の妖精神《エクレール》が観念したように立ち上がった。
『この死の冬のみぎりに、貴方《あなた》は呪いを得るでしょう。
そして、それは同時に祝福でもある。
光の妖精神《エクレール》の名において、《閃光の騎士《せんこう》》シド＝ブリーツェに、極上の祝福《のろい》を。
貴方の存在は、私の物となり──私の死は、貴方の死であると心得よ。
だが、それゆえに……私の全てが貴方の力となる。
使いなさい、私の力を。そして……必ずや魔王を討ち果たすのです』
そう言って。
少女の姿が眩《まばゆ》い光に包まれ、その姿が変化していく。
やがて──シドの目の前に突き立っていたのは、一振りの剣。
かつて、聖王と呼ばれる男が振るっていた、世界最強の妖精剣であった──……
〜〜〜。
〜〜〜。
〜〜。

「……シ……、……ド……ッ！」

闇の中に声が聞こえる。

「起き……ド卿《きょう》……一体……、……ッ！」

その声に応じ、闇の中、夢の中を彷徨《さまよ》っていた俺の意識が、次第に浮上していく。

「シド卿！」

そうだ。

まだまだ、俺は眠るわけにはいかない。

果たすべきことが。

やるべきことが残っているのだ。

だから――

俺は、ゆっくりと、目を開けた。

――。

「……シド卿！　シド卿！　しっかりしてください、シド卿！」

シドが目を開くと、アルヴィンのどこか泣きそうな、必死の表情が、視界に飛び込んで来る。

「……アルヴィン？」

ゆっくりと、シドは倒れていた身を起こした。

ぐらぐらする頭を振りながら、周囲を見渡す。

辺りは、しんと冷えきり薄暗い。石で出来た区画だ。

ダクネシア城内のどこかの通路であるらしい。

奥はまるで深淵《しんえん》の先まで続いているかのように闇に呑《の》み込まれている。

辺りには戦いの喧噪《けんそう》も、人の気配も、何もない。

聞こえるのは、ますます強くなっていたらしい外の吹雪の寒々しき風音だけだ。

「ああ、良かった、シド卿……気がついた！」

アルヴィンが、どこか呆《ほう》けたようなシドの顔を、涙目でのぞき込んでくる。

「僕と一緒に進んでいたら、突然、シド卿が倒れてしまって……どうしたんですか!?　大丈夫ですか!?　どこか悪いんですか!?」

「いいや、何も問題はないぞ」

そうなんでもないように言って、シドが立ち上がろうとすると。

「……ッ！」

シドはなぜかぐらついて、片膝をついてしまう。

どうも根本的に足下がおぼつかないらしい。

「……参ったな。早過ぎる」

そんなことを呟《つぶや》いて、一向に立ち上がろうとしないシド。

「シド卿……？」

いくらなんでもらしからぬシドの異変に、アルヴィンが戸惑っていると……


『……無茶のしすぎですよ、貴方は』


不意に、そんな言葉が辺りに響き渡って。

シドの腰に差してある剣から、燐光《りんこう》が立ち上り……少女の姿をかたどった。

「……光の妖精神《エクレール》」

「え、光の妖精神《エクレール》……？　光の妖精神《エクレール》って……ちょっと……え……？」

突然、現れた少女の姿とその名に、アルヴィンは目を瞬かせて呆然《ぼうぜん》とするしかない。

そんなアルヴィンを尻目に、光の妖精神《エクレール》は祈るように手を組み、何かを念じた。

すると、虚空《こくう》から光の粒子が生まれ、それがしんしんとシドへ注いでく。

光の粒子がシドへと吸い込まれていく。

……やがて。

『どうですか？』

「ああ。これならなんとか歩ける。手間かけてすまないな」

『……いえ』

調子を少し取り戻して立ち上がるシドを確認し、光の妖精神《エクレール》が安堵《あんど》の息を吐く。

そして、光の妖精神《エクレール》がアルヴィンを振り返り、一礼した。

『……こうして面と向かって、貴女《あなた》とお会いするのは初めまして……ですね』

「あ、はい……うん……まぁ……」

『貴女の一族を先祖代々、私は見守っていました。当然、貴女のことも』

「……………え、ええと……？」

『ですが、私の力もすでに限界です。これから彼を助けられるのは、もう貴女しかいません。どうか……彼のことをよろしくお願いします』

そんなことを言い残し、ぺこりと一礼して。

光の妖精神《エクレール》の姿は再び光の粒子となって解けて、シドの剣へと戻っていくのであった。

「……光の妖精神《エクレール》……ほ、本当に、あの光の妖精神《エクレール》……？」

アルヴィンが狐《きつね》につままれたような顔をしていると。

「……行くぞ、アルヴィン。今は進まないといけない。一刻も早く、エンデアの元に辿《たど》り着かねば、取り返しのつかないことになる」

そう言って。

シドが壁に手をつき、重たい身体《からだ》を引きずるように、一歩一歩前へ進もうとして——

「……シド卿……ッ！」

アルヴィンがそんなシドへ横から組み付いた。

「アルヴィン？」

シドがきょとんとしていると、アルヴィンは無言でシドの脇の下に腕を入れて肩を貸し、ぐらつくシドを支える。

「……これで……少しは楽になりますか？」

「ああ、助かる。……すまないな」

苦笑するシド。

「止めても、先に進むんですよね？　止まってくれないんですよね？」

「……ああ、そうだな」

「ならば進みましょう。僕が……お供します」

「ふっ、王なら、僕に付いてこいくらい言ってみろ」

そんな、いつもみたいなやり取りをして。

シドとアルヴィンは、冷たく暗い城内を、ゆっくりと歩き始めるのであった。


――――。


かつん、かつん、かつん……

静寂の城内に、二人分の足音が、ゆっくりと響き渡り続ける。

非常に緩慢だが……着実に、目的地まで歩《あゆみ》を重ねていく。

「…………」

「…………」

しばらくの間、二人は無言だった。

だが、最初にその沈黙を破ったのは……意外にも寡黙なシドの方であった。

「……何も聞かないのか？」

すると。

アルヴィンは、微《かす》かなため息交じりに呟いた。

「正直、聞きたいことは山ほどあります」

「だろうな」

「なぜ、貴方が独断先行したのか？　どうして貴方がそんなに弱っているのか」

やはり、この肉体の衰えは、ウィルに習熟したアルヴィンを誤魔化せないかと、シドが苦笑いする。

「他にも……さっきの光の妖精神《エクレール》についてとか、今、シド卿が腰に下げているその妖精剣のこととか、そもそも、シド卿とはどういう存在なのか」

「…………」

「本当に……知りたいことは、山とあるんです。

でも……聞いて、貴方はそれを語ってくれますか？」

「…………」

「……〝騎士は真実のみを語る〟。嘘《うそ》を吐いて誤魔化せないなら、黙っているしかない……わかってるんです」

「すまないな」

シドが目を伏せる。

「……騎士としての俺の全てに関わることなんだ。語ることができない。

俺の口からは、どうしたって語れない。貴方《あなた》が何者だろうと僕には関係ないです。

「あはは、別にいいんですよ。貴方が何者だろうと僕には関係ないです。

僕は王で……貴方は僕の騎士。それだけで……本当にそれだけで十分なんです」

不意に、アルヴィンの目が潤む。

「シド卿……いなくなったり、しませんよね？」

どうやら、アルヴィンなりに取り返しのつかない何かを感じ取っているらしい。

アルヴィンはシドに肩を貸しながら、縋《すが》るような目をシドへ向ける。

「今回の一件は……今までとは明らかに何かが違う。不安なんです……嫌な予感がするんです。全てが終わったら……シド卿が、僕の傍《そば》から消えてしまう……そんな気がして」

「………………」

「何か理由があって、一時的に弱っているだけですよね？

僕を置いてどこかに行ってしまうなんて……そんなことありませんよね？」

「………………」

「だって……シド卿は僕の騎士で……僕の……僕の……」

シドの無言に、アルヴィンの声がどんどん弱くなっていく。

縋るようにシドの顔を見つめていた視線が下がっていき……俯《うつむ》いていってしまう。

アルヴィンとて、本当はわかっていたのだ。

そもそも、今までだって奇跡だったのだ。

アルヴィンはこの時代を生きる人間で、シドは伝説時代に死んだ人間。

二人が出会えること自体が、冗談のような奇跡であって。

アルヴィンも薄々わかってはいたのだ。

やがて、その奇跡が終わる時は、必ず来るということを。

だが——

ぽん、と。シドがアルヴィンの頭に手を乗せた。

「〝騎士は真実のみを語る〟——俺はいつだって、お前と一緒だ、アルヴィン」

「……ッ⁉」

そんなシドの言葉に、アルヴィンははっと顔を上げて。

「……は、はいっ！」

涙混じりの目で、笑うのであった。

「ま、今は責務を果たしに行こうぜ」

「ええ、僕とシド卿《きょう》でエンデア達を止めなくては。でも……」

不意に、シドを支えながら歩くアルヴィンの横顔に不安が差した。

「皆……大丈夫なんでしょうか？」

「ん？」

「ほら……僕とシド卿を進ませるために、皆が身体を張ってくれたじゃないですか」

「…………」

「かつてない強敵、かつてない激戦……皆、大丈夫なのでしょうか？」

「さあな。それればかりはわからない」

シドが安易なことは言わず、淡々と言った。

「どれほどの凄《すさ》まじい使い手でも、不意に、なんでもないことで命を落とす……戦場とはそういう場所だ。伝説時代でもそうだった。

ましてや、あいつらが対峙《たいじ》するのは、この時代では最強クラスの強敵。イザベラ達が加勢してくれているとはいえ、どこまで通用するか……」

「…………」

だが、顔を暗くするアルヴィンに、シドは続けた。

「でも……なんだろうな？　不思議と、俺は心配してないんだ」

「……え？　どうしてですか？」

「それはな……あいつらが、真の騎士だからだ」

意味不明なシドの言葉に。

アルヴィンは、不思議そうに首を傾《かし》げるしかなかった。


――――。


その場は――大乱戦の大激戦であった。

霞《かす》み消えるような踏み込みからの疾駆、跳躍。

天に踊る貴尾人《きびひと》のしなやかな舞。

「せぇやぁあああああぁぁぁ――ッ！」

テンコの居合抜きが、鞘口《さやぐち》から迸《ほとばし》る。

翻《ひるがえ》る刃の銀光をなぞるように紅蓮《ぐれん》の炎《ほのお》が迸り――眼下の獅子《しし》卿ローガスへ、空から襲いかかった。

「ふん！」

だが、ローガスは悠然とそれに大剣を返し、合わせた。

その大剣から燃え上がる圧倒的な炎が、テンコの斬撃ごと飲み込み、大爆発を起こす。

「──うあッ⁉」

そのまま盛大に弾《はじ》き返され、宙を舞うテンコの身体。

そんなテンコを骨まで焼き尽くそうと──

「──ふぅんっ！」

ローガスが大剣を床に突き立てる。

すると、離れた場所の床から、圧倒的火勢の爆炎が火柱のように上がって。

「──ッ⁉」

空中で動けないテンコを、為《な》すすべなく一方的に飲み込もうとして──

「世話の焼けるッッッ！」

その時、同じく床を疾駆するルイーゼが、双剣を鋭く振るった。

巻き起こる壮絶な氷嵐が、辛《かろ》うじてテンコを飲み込もうとする爆炎の威力を減衰させる。

テンコが瞬時に焼き尽くされることはなく、なんとかウィルで捻《ひね》り出したマナで防御をすることで耐えきり──

着地と同時に、納刀。

瞬時に全身に力を溜《た》め、深く、低く、ウィルの呼吸と共に全身の発条《ばね》を爆発させ――

「はぁあああああああああああああああ――ッ！」

そのまま、ルイーゼの氷嵐で視界を奪われたローガスへ向かって、神速の突進からの居合抜きを放った。

テンコが赤い閃光《せんこう》となって、立ち尽くすローガスとすれ違う。

「！」

意表を突かれたローガスは、テンコ会心の斬撃をモロに浴びる。

ローガスの黒鎧《こくがい》をあっさりと焼き斬る。

焼き斬るが……ローガス本体の肌には、ほんの微かな切り傷ができる程度であった。

「くっ……今ので、ほぼほぼノーダメージなんですかっ⁉」

テンコが飛び跳ねながら、ルイーゼの元へ戻ってくる。

「ほぼほぼノーダメージなだけマシだろう。本来の実力差を考えれば、完全にノーダメージだっておかしくないのだからな」

圧倒的な実力差を前に冷や汗をかきながらも、毅然《きぜん》と二刀を構えるルイーゼ。

「だが……テンコ！　今のお前の剣の速さと鋭さならば、ほんの微かではあるが、伝説時代の騎士にも、攻撃を入れることはできるようだな！」

「ええっ！　だったら、相手が倒れるまで繰り返すまでっ！　千回だろうが、万回だろうが、億回だろうがッ！」

ひゅんひゅんっと刀を回転させ、瞬時に納刀。

テンコが再び深く低く、半身に構える。

とはいえ、絶望的な気分は、テンコもルイーゼも拭えない。

この二人は、今のキャルバニア王立妖精騎士学校の従騎士《スクワイア》の中では、ツートップだ。

さらにはルイーゼは、氷結系の妖精剣と妖精魔法を習得している関係上、炎熱系の妖精剣を扱うローガスとはもっとも戦いの相性が良い《い》。

その二人がかりの全力をもってしても、ローガスはまったく揺らがない。揺らぐ気配すらない。まるで大岩か巨人を相手に小枝を振るっているかのよう。

こんな化け物を相手にできるシドの偉大さを、伝説時代の騎士の次元の違うレベルを圧倒的に肌に感じる。

だが、それでも──

「やるしかないんですよ、私達で……ッ！」

「シド卿とアルヴィンが、魔王エンデアを倒すまで……倒せずともせめて足止めくらいはせねば……ッ！」

決死の覚悟で、テンコとルイーゼが間合いを計っていると。

「……成る程。ようやく思い出した」

不意にローガスが、そんなことをぼやき始めた。

「どこかで見たことある太刀筋だと思ったら……そこの貴尾人の貴公は、あの時の女にそっくりなのか」

そんなローガスの呟《つぶや》きに。

テンコが眉根をつり上げ、耳を逆立て、牙を剝《む》く。

「ようやく思い出しましたか？　そうですよ、私は貴方が滅ぼした天華月国《てんかげっこく》の生き残りで……貴方が殺した武人にて私の母……天月天己《あまつきてんき》の娘ですよ……ッ！」

「そうか。あの時の幼子が……お前か……」

何か遠くを眺めるような目で、ローガスがぼやく。

「ええ。私は……あれから地獄を見てきました。辛《つら》くて、怖くて、何もかもから逃げ出したくなったことだってあります。

でも……今、私はここに立っている！　騎士として立っている！」

「…………」

「貴方は、私の祖国と母の仇《かたき》。私は貴方がとてつもなく憎い。許せない。

だが、今はそれよりも……騎士として、私の務めを果たすのみ！

さぁ、来い！　外道の騎士よ！　私は正しきアルヴィンの騎士として、貴様の外道をこの剣で裁くッ！　覚悟しろッッッ！」

そんなテンコの言葉に。

ローガスの脳裏に、古い記憶が蘇《よみがえ》る──


──我は、ローガス＝デュランデ！

──罪なき民を虐《しいた》げし悪辣非道の外道共よ！　我が名を土産にあの世へ行け！

──正しき聖王アルスルの騎士として、貴様らの外道を我が裁いてやろう！


「……どうして、こうなってしまったのだろうな」

不意に零《こぼ》れたローガスの呟きに。

「何がッ!?」

テンコが噛《か》みつくように反応する。

ローガスは、そんなテンコを改めて見た。

どこまでも真《ま》っ直《す》ぐで、使命と誇りに燃えている。

それはただの蛮勇や狂信ではなく、人としての恐怖を乗り越えた勇気の輝きだ。

隣のルイーゼも同じだ。

彼女も自らの譲れぬ一線を守るために、敵《かな》わぬ絶望的な相手に立ち向かっている。

ローガスが対峙している二人の少女は……シドの弟子達は……正しく騎士だった。

圧倒的に、自分《ローガス》よりも。

「皮肉なことだ。我らの騎士道を終わりにしたくないがゆえに足掻《あが》いてみれば……すでに終わっていることを、こうまで突きつけられるとはな。

今さら言って詮無きことでもあるが」

がしゃり……と、ローガスが大剣を構え直す。

「いいだろう。新時代の若く正しき騎士達よ。

だが、崇高さや正しさ、騎士道のみでは戦場は語れぬ。

戦場を語る言葉はいつの時代とて極められし、武《ぶ》のみ！　正しきを語る貴様らは、果たして戦場を語れるかな⁉」

「……ッ⁉」

「我は暗黒騎士、獅子卿ローガス＝デュランデ！　残虐非道にて冷酷無比なる、騎士にあるまじき排律の騎士ッ！　戦場を語ることに関して右に出る者またなしッ！

やってみるがいい！　貴様らの騎士道の正しきをこの戦場で証明してみせよッ！」

「語るに──」

「──及ばずッッッ！」

そう叫んで。

テンコが右から、ルイーゼが左から。

ローガスへ向かって、猛然と突っ込んでいくのであった。


──。


「──ふんっ！」

ルークが振るう槍撃《そうげき》に、圧倒的な嵐が吹き荒れ、渦を巻く。

「ぐああああああああ──ッ⁉」

「くぅうううううううううう──ッ⁉」

その壮絶な風圧に、クリストファー、エレイン、セオドール、リネットが、まるで木の葉のように吹き散らされていく。

「やべぇ、なんて強さだ……ッ！」

「何をやっても近づけませんわ……ッ！」

「ならば、何度だってかかるだけだ……ッ！」

「私達の全てを尽くして……ッ！」

「ああ、今こそ、教官の……シド卿《きょう》の教えを思い出せ！　全部出せ！」

そう言って。

ブリーツェ学級《クラス》の生徒達が決死の表情で、各々《おのおの》の妖精剣を構え……伝説時代の遥《はる》か高き壁──一角獣卿ルークとの間合いをじりじりと計る。

そんな生徒達を。

「……………………」

ルークが見ている。黙って見ている。

なぜか、ルークから先に仕掛けることはなく、ただ黙って生徒達の攻撃を眺めている。

生徒達の攻撃を受け止め、捌《さば》くことだけに注力している。

そんな様子のルークに、クリストファーは舌打ちした。

「なんだよ？　なんで本気で来ないんだよ？　舐《な》めプか？　それとも、俺達ごとき、いつでも一瞬で倒せるってか？」

「まぁ、そうであっても不思議ではありませんけどね」

「それならそれでいい。だったら、アルヴィンとシド卿が少しでも楽になるよう、一撃でもダメージを与えるだけだ……この身に代えても」

「こ、怖いけど……教官のためなら……ッ！」

　すると。

　ふっと、ルークが微《かす》かに笑った。

「な、何がおかしいんだよ⁉」

「いや、すみませんね。別に手心を加えたわけではありません。……少し、貴方《あなた》達が羨ましかったのですよ」

「……？」

　すると、生徒達の見てる前で、ルークが兜《かぶと》を取って捨てた。

　その現れた美しい女の顔に、生徒達が息を吞《の》む。

　顔に走る向こう傷がなければ、一体どこぞの美姫《びき》かといった相貌だ。

「……かつては、私もシド卿の教えを受けていたのです。そう、彼は……私の教官であった」

「……ッ！」

「どうやら、貴方達はよほど、シド卿にしごかれたようですね。その立ち回りや太刀筋でよくわかります。彼の指導の下、ただ直向《ひたむ》きに貴方達は鍛え上げた。

まだまだひよこですが、悪くない。何より、騎士らしい。

それが……酷《ひど》く羨ましくて」

「…………」

「そして、貴方達は武のみならず、騎士としての魂も、しっかりとシド卿から受け継いだようですね。なんだかとても眩《まぶ》しいですよ。

なにせ……私がこの様ですから。

それでもね……私は、共に居たかったんです、彼と。

彼の隣に並べる戦場という唯一無二の居場所を……私は永遠にしたかった」

「…………」

「……耳汚し失礼しました。始めましょう」

ルークが槍《やり》を構える。

「我は暗黒騎士。一角獣卿ルーク……いえ、ルーシー＝アンサロー。

私は、私達の時代の終わりを認めない。時代の流れを認めない。

たとえ、この世界が死と冬に閉ざされようとも、永遠を望む。

古き良き騎士達の時代を永久にするため、私は槍を振るう。拒むならば、武をもって古きを打倒し、新時代を開くがいい。我らの理《ことわり》は元よりそういうものだ」

「なんだかよくわからんが――」

「――やってやりますわッ！」

こうして。

ルークと、ブリーツェ学級《クラス》の生徒達も、真っ向から熱く激突するのであった。

――。

そんな風に、ブリーツェ学級《クラス》の生徒達と伝説時代の騎士が戦う周囲にて。

「ぉおおおおおおおおおおおおおおおお――ッ！」

「わぁあああああああああああああああ――ッ！」

キャルバニアの妖精騎士団と暗黒騎士団が激しくぶつかり合い、入り乱れ、せめぎ立っている。

「大丈夫！　皆で力を合わせれば、私達は負けませんっ！　いつも教官にボコボコにされている時と比べれば、こんな連中屁《へ》でもないですよっ！」

キャルバニア王国側の中心戦力は、ユノを筆頭とするブリーツェ学級《クラス》の一年従騎士《ファースト・スクワイア》でも特にウィルの才能に優れた者や、ヨハンやオリヴィアといった、王立妖精騎士学校の中でも、シドにウィルを享受してもらった実力派の二年従騎士《セカンド・スクワイア》達だ。

そんな彼らを最前線に、ベテランの妖精騎士達が補佐をすることで、暗黒騎士達に対抗している。

そして、何よりも大きいのは——

「優しき水の流れにて・その傷痕を癒やせ！」

「絡《から》め取れ・眠りの茨！」

「赤き花弁は・炎に踊れ！」

騎士団の後方に控える集団……イザベラ率いる《湖畔の乙女》達だ。

半人半妖精《ニミュエ》の彼女達が魔法で援護することで、キャルバニア妖精騎士団は暗黒騎士団に対抗している。

城内のエントランスホールという限定的な空間であることも手伝い、戦力的に不利な状況でも、こうして拮抗《きっこう》状態に持って行けることができたのである。

「イザベラ様！　今のところは互角ですッ！　負けてません！」

補佐のリベラの報告に、イザベラが静かに頷《うなず》く。

「……シド卿のお陰ですね。結果論ですが」

戦況を冷静に見極めつつ、戦域全体を魔法で援護しながら、イザベラが物思う。


シドが失踪。

イザベラも一時は、目の前が真っ暗になる思いだった。

北の魔国との戦いは、かつてない厳しい戦いになるのは、最早《もはや》、考えるまでもない。

ならば、そんな戦いをシド抜きで一体、どうすればいいのか？

私達は見捨てられてしまったのか？　と哀《かな》しくなり。

やっぱり野蛮人だったのか？　伝説は伝説にすぎないのか？　と怒りも覚えた。

だが、少し冷静になって考えてみれば、シドが消えた理由など明白だった。

誰もが、すぐにわかることだった。

そう、シドは——戦いに行ったのだ。

どういう理由があるのかわからないが、たった一人で戦いに行ったのだ。

なぜ、騎士であるシドが、北の魔国へ直通する妖精の道《フェアリー・ロード》を開けたのかは不明だが、彼がこの状況で尻尾を巻いてどこかへ逃げるわけがない。

それゆえに、イザベラは現在、可能な限りの兵力をまとめ、最速で儀式の準備を調え……シドへの逆召喚を行ったのだ。

(バーンズ様、アイギス様、カイム様……キャルバニア妖精騎士団の方々が、シド卿の残した言葉に心動かされて参戦を決意し、戦力が早く整ったのも大きかった……)

だが、なぜシドは一人で行ってしまったのか……普段の彼を知っているだけに、それだけがどうにも解《げ》せない。

それでも。

(シド卿、貴方は騎士の中の騎士！　理由はわかりませんが、貴方は一人で行かねばならなかった……そうですよね⁉)

イザベラが魔法を振るいながら、そう心の中で叫ぶ。

それに答えるべき人物は、今、ここにはいないが……

(この戦いが終わったら……全部、話してもらいますからね！　私、まだまだ、貴方のこと、もっと知りたいってずっと思っていたのですから……だから……ッ！

ここは私に任せてください！

そして、どうかアルヴィンをよろしくお願いしますッ！)

シドの役目と、自分の果たすべき役目。

それをわきまえ、《湖畔の乙女》の巫女《みこ》長は、今は己の為《な》すべき戦いに集中し始めるのであった。

――。

（くそ……くそっ！）

その時、デュランデ学級《クラス》の二年従騎士《セカンド・スクワイア》ガトは、全身ズタボロで天井を仰いでいた。

同じく倒れた騎士達と共に、床で転がっている。

生来の頑健さのお陰もあるが、それでもまだ生きていること自体が奇跡だ。

当然だ。

妖精剣の力を失った騎士が、暗黒騎士と素でぶつかり合えば、いくら《湖畔の乙女》達の魔法援護があるとはいえ、一方的に蹴散らされるのがオチだ。

だが、それでも、一部のウィルの使い手達のために身体《からだ》を張る……それが、今、ガト達に与えられた役割であった。

（情けねえな……俺は……ッ！）

自分は選ばれた存在だと思っていた。特別な存在だと思っていた。

だが、いざ蓋を開けてみればどうだ？

妖精剣がなければ、何もできない雑魚《ざこ》ではないか。

これが騎士の姿か？

こうして無様に地に転がり、天を仰ぐ姿が。

傲慢で浅慮なガトとて騎士の端くれ。このかつてない国難に、自分も何かしなければならない……そんなことくらいわかっていた。

だが、実際は……何もできない。精々が肉盾だ。

それに比べて、ブリーツェ学級《クラス》の連中は。シドの薫陶《くんとう》を受けた連中達は。

伝説時代の騎士や暗黒騎士を相手に……一方的に押されてはいるが必死に戦っている。

己が為すべきを見据え、己が騎士道を通す、その最低限の強さがある。

血みどろになりながら、それでも一歩も退かず戦い続ける彼らの姿は——

（ああ、ちくしょう……あいつら格好いいなぁ……ッ！）

思えば。

ガトだって、最初はそういう騎士に憧れたのではなかったのか？

そういう騎士になりたくて、そういう騎士を目指したのではなかったのか？

だが……思いは腐ってしまった。

妖精剣の剣格という絶対的な壁。上には絶対に追いつけない劣等感。下には圧倒的に優位を取れる優越感。剣格だけが重視される騎士団の風潮。

そんな風潮に揉《も》まれる中で、いつしかガトの騎士道は腐ってしまったのだ。

その結果が——これだ。

そういう時に、誰よりも先頭に立って戦いたいという役割は他人に取られ、自分はこうして何もできずに蹲《うずくま》っている。

（ちくしょう……ちくしょう……ッ！）

悔しくて涙すら出てくる。

だが。

それでも。

（腐っても……騎士なんだよ、俺は……ッ！）

ガトは、今は力を失っている妖精剣を杖《つえ》代わりに立ち上がる。

（騎士なら……まだまだこうして腕と足が動く以上……おねんねしてられねぇ……たとえ死んでも……これ以上の無様は、さらせねえんだよ……ッ！）

そう心の中で念じて。

ガトは、決して主役にはなれない、ただの一兵士としての戦いに再び赴くのであった。

――――。

様々な思いが交錯する戦いは続く。

誰もが、自らの譲れぬ思いを胸に、目の前の敵と立ち向かい続ける。

祖国を守れと、王のためにと、意気軒昂《いきけんこう》なキャルバニア王国軍側は、限定された空間という特殊な状態の戦場も手伝い、暗黒騎士団と完全な拮抗状態となっていた。

だが。

本来の戦力差は歴然。

今の拮抗も、じきにひっくり返されるだろう。

そう、全ては。

シドとアルヴィンの二人に、託されたのである。

彼ら二人の戦いの結末が、この国とこの世界の命運を全て分けるのだ――

第六章　運命の双子

階下で起きている戦いの喧噪《けんそう》も、ここでは遠く。

しん、と静まりかえるダクネシア城最上階、玉座の間にて。

「…………」

エンデアは、ただ一人玉座に腰掛けながら、肘かけに肘を置いて頰杖《ほおづえ》をつき、虚空《こくう》に視線を彷徨《さまよ》わせている。

刻一刻と己が身に迫る最後の決戦の予感の中、ただぼんやりと物思いに耽《ふけ》っている。

（……どうして……こうなっちゃったのかしら……）

ふと、小さくため息を吐く。

そして、目を閉じ、しばしの時、過去の記憶の残滓《ざんし》を覗《のぞ》き込む。

～～～。

「……今日はもう時間だね……」

手製の絵本を閉じて、アルマ姉様が立ち上がる。

「ありがとう、アルマ姉様！　今日もシド卿《きょう》のお話、すごく楽しかったよっ！」

私はそんなアルマ姉様に、名残惜しくも特上の笑顔を見せた。

いつもの秘密の部屋で、いつもの二人の時間。


そもそも不幸という概念を知らなければ、自身が不幸だと感じぬように。

当時の私は、自身の境遇をさほど不幸とは思っていなかった。

アルマ姉様と過ごす日々は、この狭い鳥籠の中であっても、私にとって幸福なものだったからだ。

ただ――……


『いいえ、貴女《あなた》は不幸ですよ、エルマ様』

『こんな所に閉じ込められて。こんな所で一生を終えるなんて』

『本当の幸せも、喜びも、恋も知らずに』

『ああ、可哀想《かわいそう》。可哀想そうったら可哀想……』

こうしている時も、時折聞こえる声が。

私の内なるにある、あの剣の声が――……

酷《ひど》く――不快で……

…………。

「どうしたの？　エルマ？」

「！」

ふと、アルマ姉様に顔を覗き込まれて、我に返る。

「う、ううん、なんでもないよ、アルマ姉様！」

「……本当に？　なんか顔色悪くて、凄《すご》く怖い顔してたけど……？」

「大丈夫！　大丈夫！　本当になんでもないのっ！」

私は、慌ててぶんぶんと頭を振って否定する。

あの剣の声のことは、アルマ姉様には知られたくない。

アルマ姉様が、こんな私を気味悪がって、訪ねてくれなくなったら嫌だ。

どうせ、私は一生ここから出られない。

ならば、死ぬまで私の胸の内にしまっておけばいい。

そんな風に私が思っていると。

「私はもう戻るね、エルマ」

時間が来たアルマ姉様が、おいとまのあいさつを始めた。

「あっ、うん……ま、またね、姉様！」

「ごめんね……明日からちょっとお父様と用事があって、出かけなくちゃいけなくて……しばらくの間、エルマに会うことができないんだ」

そんなアルマ姉様の言葉に、ちくり、と。

寂しさと、外の世界を自由に歩き回れることに微《かす》かな嫉妬が、私の胸を刺すが。

すぐにそんな嫌な心は奥底へ押し込んで、私は微笑《ほほえ》む。

「大丈夫だよ、私！　姉様も頑張って！」

「うん……エルマ……寂しくない？　辛《つら》くない？」

「平気だよっ！　だって、私には姉様がいるもんっ！」

――――。

姉様が去って、数日が経《た》った。

今は、冬。
鉄格子《てつごうし》が嵌《は》められた窓の外は、吹雪に見舞われている。
ビュウビュウと冷たい吹雪の音と、暖炉でパチパチ燃える音。
私は、もの寂しい部屋で一人ベッドに入って物思う。
私は……別に良かったのだ。一生、ここから出られなくても。
アルマ姉様と僅かな時間を一緒に過ごせれば、それで良かった。幸せだったのだ。
……でも。
最近、アルマ姉様が私に会いに来てくれる頻度が……時間が徐々に減ってきた。
それは仕方ない。アルマ姉様は王になるのだから。
でも、私の心の中の不安は徐々に増していく。
ひょっとしたら、いつか。
アルマ姉様は……まったく私に会いに来なくなってしまうのではないのか？
私のことなんか、完全に忘れてしまうのではないのか？
『忘れてしまうに決まっているでしょう？』
『そもそも、彼女が貴女に会いに来るのは、ただ、貴女に対する優越感から』

『惨《みじ》めな貴女と会えば、彼女は自身が恵まれていることを実感できる』
『彼女にとって、貴女はその程度の存在』

うるさい。

『そもそも、彼女が最初からいなかったら、貴女が彼女だったのに』
『彼女のように、外を自由に歩き回れていたのに』
『王として、この国全てを手中にできていたのに』
『多くの人達に囲まれていたのに。蝶《ちょう》よ花よと愛《め》でられていたのに』

……うるさい。

『ああ、可哀想。可哀想ったら、可哀――』

「うるさいっ！　うるさいうるさいうるさいうるさいうるさい――っ！」
気付けば、私は枕を滅茶苦茶《めちゃくちゃ》に殴りつけていた。

今日のあの剣の声はそれで収まったが……千々に乱れた私の心は収まらない。

「はぁ……はぁ……ぐすっ……アルマ……姉様……」

最近は、本当に自分が嫌になる。

あの剣の声が……どんどん、自分の本当の心になりかけている。

アルマ姉様の真意は、本当にあの剣の通りなのでは？

もし、アルマ姉様が居なかったら、私は自由で幸せだったのでは？

そんな恐怖が、嫌な感情が……日々、私の心のどこかで着々と育っていくのを、どうしても止められない。

自分が凄く嫌な子になっていくようで、怖いから……私は自分に言い聞かせる。

私は幸せ。私は幸せ。私は幸せ。

そう、私は幸せなのだから――……

そんな風に、私が自分に言い聞かせていた……その時だった。


バタバタバタバタッ！

扉の外から駆け足の音が、この私の部屋に近づいてくることに気付き、顔を上げる。

「……あ。姉様かな……？　また、来てくれたんだ……」

だが、それにしては様子が妙だ。

普段、姉様はこんな大きな足音を立てないし、そもそも足音の数からして複数だ。

なんだろう？　と、私が目を瞬《しばたた》かせていると。


ばぁんっ！


扉が勢いよく開かれ、血相を変えた女の人が姿を現す。

その人の鬼気迫る形相に、私は思わず竦《すく》み上がった。

「ひっ⁉」

その人物は……

「え、エヴァ……様……？　それに、アルマ姉様……？」

《湖畔の乙女》の巫女《みこ》長エヴァ。

彼女がアルマ姉様を引き連れて、突然、私の部屋に踏み込んで来たのだ。

エヴァ様は、とても怖い顔で私を見ていて。

アルマ姉様も、なんだかとても哀《かな》しげな顔で私を見ている。

「あ、あの……どうしたの？　二人とも。わ、私、ちゃんといい子にしてたよ？」

いつもと様子が違う二人に、私は戸惑うしかなくて。

そして──……
　　　　　　　　　　　　　　　　　　　　　　　　　　　　　　　　　　　　　　・
ギィイイイィィイ……〰〰。

玉座の間に響き渡る、古木のこすれるような音。

見上げるほど大きな扉が、向こう側から押し開けられたのだ。

その音に、過去を彷徨《さまよ》っていたエンデアの意識は、現在に引き戻される。

開かれた正面扉の向こう側を見れば──そこには二つの人影が立っていた。

アルヴィンとシドだ。

「……来たわね、アルマ姉様」

エンデアの呟《つぶや》きには応じず、アルヴィンは毅然《きぜん》とエンデアへ向かっていく。

シドは騎士らしく、その傍《かたわ》らに従っていた。

そんな二人の姿を見て、玉座で頰杖《ほおづえ》をついていたエンデアは、皮肉げに口の端をつり上げていた。

「……あの時と同じね」

「……？」

「そう……あの時も……外で恐ろしいほどの吹雪が吹き荒《すさ》ぶ、冬の夜だったわ――」

「どういうことだい？」

「決まってるでしょう？　アルマ姉様が……私を裏切った、あの日よ」

そんな風に、エンデアが吐き捨てるように、憎々しげにアルヴィンへ言い放つと。

ドレスの端をつまみ、優雅に慇懃《いんぎん》に一礼した。

「ようこそ、世界を滅ぼす魔王たる我が居城へ。

聖王を継ぐ正しきアルヴィン王。

そして、その膝下の第一騎士《閃光の騎士》《せんこう》シド卿《きょう》――」

すると。

「……エンデア。約束通り来たぞ」

やはり体調が優れないのか、シドがどこかふらりとしながら、前に出る。

そして、シドは今まで一度も抜かなかった剣の柄に手をかけ……ついに抜いた。

光の妖精剣《黎明《れいめい》》だ。

奇《く》しくもアルヴィンの妖精剣と同じ銘を持つ剣が、玉座の間の中の暗鬱とした闇を、神々《こうごう》しい光で微かに払っていく。

「………………」

エンデアは、自身の憧れの騎士が、自分対して剣を抜く姿に、悔しげに、哀しげに目を細め……やがて吐き捨てた。

「……わかってたわよ、こうなるって。いいわよ。どうせ、私、魔王だもの」

エンデアが虚空《こくう》に手をかざす。

虚空に蟠《わだかま》る圧倒的な闇の中に手を入れ、そこから一振りの剣を取り出す。

エンデアが魔王に覚醒することで、新たな形、新たな力を得た世界最強の妖精剣。

そこに存在するだけで空間がひしゃげるような、圧倒的なマナ圧がその場を襲う。

「かかって来なさいよっ！

私は、この世界に永遠の死の冬をもたらし、この世界を永遠に支配するのッ！

邪魔するなら、シド卿だろうが、アルマ姉様だろうが叩《たた》き斬ってやる！」

剣を構えるエンデア。

さすが魔王か、今までとはさらに次元の違うマナをその全身に漲《みなぎ》らせ始める。

シドがそんなエンデアに対して、無言で二刀を構えようとして——

「待ってください」

不意に、制止の言葉がかかった。

アルヴィンだ。

「シド卿、待ってください。僕はエンデアと……いや、エルマと話がしたい」

「今さら、話すことなんかある⁉」

激しく反応したのは、エンデアだった。

「私は世界を滅ぼす魔王で！　貴方《あなた》は世界を守る騎士を従えた王！　こうして、向き合って対峙《たいじ》した以上、私達がやることなんて殺し合いだけよっ！」

だが、そんなエンデアの怒声を無視して。

「……シド卿、いいですか？」

アルヴィンがシドへ縋《すが》るような視線を向けた。

「ふ、是非もないさ」

すると、シドが穏やかに口元を歪《ゆが》める。

「お前がそうしたいというなら、俺はそれに従うだけだ」

「……ありがとうございます」

そう言って、アルヴィンはエンデアの前に出る。

運命の双子姉妹が、正面から向き合う。

「……君のこと……思い出したよ、エルマ」

「あっそう」

「これは完全に言い訳だけど……どうやら、僕は魔法をかけられていたみたいなんだ。記憶を操る魔法……多分、当時の巫女長エヴァ様に、君の存在そのものに関する記憶を封印されていたらしいんだ」

「……それで？」

「小さな頃、君があの秘密の部屋に閉じ込められていたのは……アレだろう？　王家の口伝……」

王家には――一つの言い伝えがあった。

始祖アルスルの系譜たる王位継承者と、《湖畔の乙女》の巫女長にしか口伝されぬ、門外不出の秘密があった。

そして、それは――破滅の予言であり、聖王家に課せられた呪いでもあった。

『いつの日か、王家に双子が生まれるだろう』

『だが、その片割れは光の妖精神《エクレール》の祝福を受けし、正しき聖王の再臨であるが、もう片割れは闇の妖精神《オーブス》の呪いを受けし、悪《あ》しき魔王の再来である』

『ゆえに、その双子の片割れを殺すべし』

『魔王の再来を殺すべし』

『さもなければ、死と静寂と永遠の冬が再び世界を抱くであろう――』

「ええ、そうね。私はそのせいでずっと閉じ込められていた」

話に応じる気になったのか。

エンデアは鼻を鳴らして、言葉を続けた。

「……私達のご先祖様、聖王アルスルが、直々に王家と《湖畔の乙女》達に残した口伝とはいえ、それは遠い昔の話。

世代を超えて語り継がれていくうちに、誰も本気には受け取ってはいなかったでしょうし、そもそも聖王アルスルの系譜から一体、どうして魔王が生まれるのかって話よ。

光の妖精神《エクレール》の祝福を受けし聖王と、闇の妖精神《オーブス》の呪いを受けし魔王。

もっとも対極に存在する二者が血縁関係になるなんて、ありえないでしょう？」

「普通に考えればそうだね」

「そう、誰もが、そうタカを括《くく》っていたの……王家に私達が生まれるまでは」

そう言い捨てて、エンデアが自身の剣を見せる。

「黒の妖精剣《黄昏《たそがれ》》──今は、闇の妖精剣《黄昏》だけど……伝説時代に魔王が振るっていた剣と同じ銘の妖精剣……私はね、生まれながらにこれを持っていた」

「……ッ⁉」

「誰もが、あの古き口伝が真実であることを確信したわ。

そもそも、王家の口伝は他にも色々あるけど、なんだかんだで、その全てが真実だったことは、今までの王国の歴史が証明していたでしょ？

じゃあ、双子に関する口伝が例外でハズレ……なんてあり得ない。

誰もが、私という魔王の再来に騒然とし、当然、誕生と同時に私は殺処分されることが決まったらしいわ。

当時の《湖畔の乙女》の巫女長エヴァは、私という魔王の再来を特に恐れ、強く強く私を処分することを主張したそうね。

でも……それに、異を唱える者がいた。私達の父様——アールド王」

「父上……」

アルヴィンが今は亡《な》き父のことを思い浮かべる。

アルヴィンの父アールド王は、優秀な政治家であり、優秀な武人であった。この王家逆境の時代にありながら、国を良く治め、民に慕われた、賢王と呼べる人物であった。

だが、結局のところ、彼は王である以上に……ただ、一人の父親であったらしい。

「父様は、生まれたばかりの私を殺すことが、どうしてもできなかったみたい。

私の助命を、当時の巫女《みこ》長エヴァに必死に嘆願したそうよ」

「父上……」

「で、父様の懇願に、頑《かたくな》なエヴァもついに折れたらしいわ。

私だけは絶対に外へ出られない特別な部屋に、幽閉……というか封印し、一生涯外には出さない……そういう条件でエヴァは、私を生かすことに決めた。

それが……あの秘密の部屋。

私と姉様のちっぽけな、小さな小さな世界。小さな私の全てだった世界」

今は遥《はる》か遠い過去に、なんらかの郷愁でも覚えたのか。

エンデアは目を細めて、遠くを見ているようだった。

「…………」

「…………」

しばらくの間、アルヴィンとエンデアの間に沈黙が流れる。

外を吹き荒ぶ吹雪の音だけが、玉座の間に寒々しく響き渡る。

……やがて。

「だから……なのかい？　エルマ」

アルヴィンが、エンデアに問いを投げる。

「君は……君自身を閉じ込めるこの世界そのものを恨んでいた。

君の存在そのものを否定する王家や、この国を憎んでいた。

だから……滅ぼすのかい？　全てを」

そんなアルヴィンの言葉に。

「……はぁ？」

エンデアが目を怒らせる。今までどこか過去を懐《なつ》かしむような雰囲気から一変、激しい激情に身を打ち振るわせ始める。

「ねぇ？　何言ってるの？　アルマ姉様。それ本気で言ってるわけ？」

「……ッ⁉」

エンデアの剣幕に気圧《けお》され、アルヴィンが思わず一歩下がる。

そんなアルヴィンへ追い打ちをかけるように、エンデアがまくし立てる。

「私は！　姉様が居てくれれば！　それで良かったッッッ！

一生、あの狭い鳥籠から出られなくてもッ！

姉様さえ居てくれれば……別にそれでも良かった！

姉様と一緒に、シド卿《きょう》のお話をして……ッ！　一緒に遊んで……ッ！

私は充分に幸せだったッ！　この国を滅ぼすとか！　この世界が憎いとか！　そんなもの考えたこともなかったッ！」

「じゃ、じゃあ、どうして……？」

「だから、姉様がそれを問う⁉　この裏切り者ッ！　卑怯《ひきょう》者ッ！

姉様が私にやったこと、忘れた⁉

それとも、そこだけ都合良く、まだ忘れちゃってるわけ⁉」

「エルマ……ごめん、君が何を言っているのかわからない！

僕が君を裏切った？　それは一体、どういうことなんだ？

確かに、僕は閉じ込められている君に何もできなかった……無力だった！　でも、いつか、君をあの部屋から出してあげようと、幼心にそう思って……」

「戯《ざ》れ言《ごと》はもうたくさん！」

エンデアが、妖精剣を床に叩《たた》きつける。

圧倒的衝撃波の殺人的な冷気が吹き荒れ、巻き起こり、瞬時にアルヴィンを飲み込む。

普通ならば、即死だが――

「…………」

シドが無言でアルヴィンの前に立って壁となり、アルヴィンを守っていた。

そんな様子を見て、エンデアが憎々しげに吐き捨てる。特大の呪詛《じゅそ》を込めて。

「本当に……姉様は、私から何もかも奪っていくのね！　満足⁉」

「だから、エンデア……君は一体何を……？」

「あくまで白を切るつもり？　それとも本当に忘れてる？　薄情ね！

いいわ！　話したげる！　忘れているというなら、思い出させてあげるッ！

あの日、姉様が私に何をやったのか――ッ！」

〜〜〜〜。

そう、それは――

こんな風に、窓の外が恐ろしいほどまでに吹き荒《すさ》ぶ、吹雪の夜。

突然、私の元に、エヴァとアルマ姉様の二人が訪問してきたのだ。

「あ、あの……どうしたの？　二人とも。わ、私、ちゃんといい子にしてたよ？」

いつもと様子が違う二人に、私が戸惑うしかできないでいると。

「本当なのですか？　アルヴィン王子」

「はい……私、見たんです……」

エヴァとアルマ姉様の二人が、何やら深刻そうな顔で何か相談している。

「ど、どうしたの、姉様……？　な、なんかお顔、怖い……」

私が一体、何事かと問いかけようとすると。

「………」

エヴァは私を無視して、私の洋服簞笥《だんす》の元へと歩み寄り……片端から開いて、その中を物色し始めた。

私の大切なお洋服が、乱暴に投げ捨てられていく。

「や、やめてよ、エヴァやめて！　どうしてそんな酷《ひど》いことするの⁉」

私は慌てて、エヴァの腕に取《と》り縋《すが》る。

「姉様！　アルマ姉様！　エヴァを止めて！」

だが、その時のアルマ姉様は何も言ってくれず……

やがて、エヴァは私の洋服簞笥から、それを取り出した。

エヴァは、それを無言で私の鼻先に突きつける。

それはハンカチだ。

アルマ姉様からもらったハンカチ。

だけど、いつの間にか、それには何か血みたいな物で、視界に入れるだけで気分が悪くなってくるような悍《おぞ》ましい紋様が描かれていた。

「何……それ……？　怖い……」

「惚《とぼ》けないでください、エルマ様」

エヴァが切り捨てるように、憎々しげに言い放った。

「闇の禁呪魔法【ヴァージャの刻印】……アールド様に死病の呪いをかけていたのは……貴方《あなた》だったんですね？　エルマ様。

道理で見つからないわけです。呪いの出所がこんな場所だったなんて」

「……えっ？」

あまりにも突然のことに意味が理解できず、私は目を瞬《しばたた》かせる。

「貴女《あなた》はアールド様の温情で生きることを許されていたのに……ッ！　その恩を仇《あだ》で返す

ような真似《まね》をして……ッ！　なんて恥知らずな……ッ！

やはり、貴女は邪悪な魔王ということなんですね……ッ！」

「し、知らない……知らないよ、そんなの……ッ！　何⁉

【ヴァージャの刻印】って⁉　私、そんなの全然知らないッ！」

私は首を振って叫ぶが。

エヴァは素早く杖《つえ》を振って呪文を唱え、それに呼応するようにどこからともなく茨の蔓《つる》が無数に床から生えてくる。

それがうねって私を捉え、がんじがらめに縛り付けた。

茨の棘《とげ》が肌に刺さり、私は全身から血を流し始め得る。

「い、痛いっ！　痛ぁいっ！　やめて！　やめてよぉ⁉」

「だから、惚けるのも大概にしなさい……ッ！　この城で闇側《ダークサイド》の魔法を使えるのは、黒の妖精剣を生まれ持っている貴女しかいない……ッ！」

エヴァが手を伸ばし、私の首を絞めてくる。

鬼のような憤怒《ふんぬ》の形相で、その目尻に涙を浮かべ、私の首を絞めてくる。

「それに、アルマ様が仰《おっしゃ》いました……ッ！　貴女がこの【ヴァージャの刻印】に血を捧《ささ》げているところを見たと……ッ！」

「あ、アルマ姉様が……？」

「何より貴方の部屋にあった、この【ヴァージャの刻印】が動かぬ証拠……ッ！　でも、何もかも遅かった！　あそこまで呪いの死病が進行してしまったら、もうどうしようもない……アールド様はもう……よくも……よくも……ッ！　よくもぉ……ッ！」

もうエヴァは、すっかり正気じゃなかった。

元々怖い人ではあったけど、今は目が爛々《らんらん》と憎悪《ぞうお》と憤怒に輝き、真面《まとも》じゃない。

話がまったく通用しそうにない。

一体、どうして？

「ね、姉様……た、助けて……姉……様……ッ！」

私は縋るように姉様を見る。

そして、確かに見たのだ。

姉様が……冷たく、嘲るように、私を見て笑っているのを。

「……な」

その時、私は悟ったのだ。

私は嵌《は》められた。姉様に裏切られたのだ。

『だから、今まで何度も言いましたでしょう？』
『アルマにとって、貴女は邪魔だったのです』

私の内にあるあの剣の声が、そうしたり顔で話しかけてくる。

『アルマも妖精剣の使い手……ゆえに分かっていたのです、貴女の本当の力を』
『何せ、彼女が授かった剣の力は凄《すご》く弱い。貴女とは比べるべくもありません』
『もし、万が一、貴女が表に出るようなことが起きたら？』
『もし、万が一、彼女ではなく貴女を担《かつ》ぎ上げるような者が現れたら？』
『彼女は、王の座を貴女に奪われてしまうことを恐れていたのです』
『だから、貴女の力が弱いうちに……貴女を始末しよう決めたのでしょう』

（そ、そんな……）

『もう、目を覚ましましょう』
『彼女が貴女にずっと優しかったのも、貴女の機嫌を取ろうとしていたからです』

『彼女は、貴女のことがずっと怖かったからなんです……』

（そんなことない……ッ！　姉様は……アルマ姉様は……ッ！）

だが。

そうじゃなかったら、この状況はどう説明する？

首を絞められ、今にも殺されそうになっている私を、アルマ姉様は冷たく笑いながら見つめ、何も言ってくれない。

「ね、姉様……姉さ……ま……」

そうしている間にも。

私の首はエヴァの手によって、万力のように絞めあげられていって。

ミシミシと悲鳴を上げていって。

やがて──一切の容赦も慈悲もなく。

「……か、は……」

真っ暗になっていく、私の視界。

真っ暗になっていく、私の意識。

死が、どうしようもない死が、私を容赦なく、何の抵抗も許さず攫《さら》っていく感覚。
怒りと、悲しみすらも消えていく中——
最後に、縋るようにアルマ姉様を見て。
私は、確かに見た。
アルマ姉様の口が……声もなく、こう動いたのだ。

——『さ』——『よ』——『な』——『ら』——

その瞬間、私の中で何かが壊れた。
私の頸椎《けいつい》が壊れていく音と共に、決定的に何かが壊れてしまった。
私の何もかもが壊れていく絶望の中で。
最後の最後に縋る寄る辺を求めて。

『さぁ……どうしますか？』

私はただ——〝声〟を聞いた。

その〝声〟を受け入れた。

私は――剣を取る。

今まで、ずっと内に押さえていた剣を、ついに取り出し――力を解放した。

「ぁ、ぁあ、ぁあああ――ッ！」

〝何もかも壊れてしまえ〟……そう特大の呪詛《じゅそ》を込めて、剣を思いっきり振った。

実に……呆気《あっけ》なかった。

私が思いっきり力を込めれば、この妖精剣の力を封じるこの部屋の力なんて、わけもなかった。

なんで、もっと早く、今までそうしなかったんだろうと思うくらいに。

世界が――闇に染まった。

――。

「あの時、私が苦し紛れに振るったこの剣は……エヴァに特上の死の呪いを与え、その場所の物質界と妖精界の境界を、完全に破壊したわ。

そして、私は妖精界の最深層——氷結界に落ちてしまった」

「…………」

「この一件で、私は死んだものと処理されたらしいけど……それはどうでもいいわ。

そこからの私の数年間は、それはもう地獄の日々だった。

氷結界は、妖精界の最深層——戻ってくるのに、とてつもない時間がかかる。

私は、ろくな装備もなく、その幼い身一つで氷結界を延々と彷徨《さまよ》い続けた。

毎日、寒さと飢えに苦しみ、恐ろしく悍ましい妖魔に怯《おび》え、毎日が死にたいほど怖くて辛《つら》かった。この妖精剣がなかったら、私はとっくに死んでいたわ。

でも、私は死ななかった……死んだ方がマシだったのに。

血反吐《ちへど》を吐いて、地面を這《は》いつくばって、この物質界まで戻ってきた。

……なんでかわかる？　アルマ姉様」

エンデアが極上の憤怒と憎悪に満ちた表情でアルヴィンを睨《にら》み付け、特上の呪詛を吐きつける。

「貴女を、どうしても許せなかったからよッ！

どう？　私を嵌めて、まんまと亡《な》き者にして満足だった⁉　貴女《あなた》の地位を脅《おびや》かす者が居なくなって！　貴女の理想の騎士を独り占めして！

そして、皆に認められて！　国を手に入れて！　これで満足⁉

私は認めないわ！　滅茶苦茶《めちゃくちゃ》にしてやるッ！　貴女の守りたいもの、大切なもの、手に入れたもの、培《つちか》ったもの、全部、全部、全部ッ壊してやるッ！

私は……そのために生き抜き、地獄から帰ってきたのよッッッ！」

「…………」

「さぁ、構えなさいよ、剣を！　邪魔なんでしょう、私が⁉

そうよね⁉　せっかく手に入れた国や仲間達を台無しにされるなんて、貴女だって、まっぴらごめんよね⁉

ふんっ！　私と貴女は——もう殺し合うしかないのよッ！」

そうして、エンデアは剣を構えて。

もう問答無用、一触即発の空気を放ち始めるが。

……当のアルヴィンは、ただただ呆然《ぼうぜん》としていて。

そして、ぼそりと呟《つぶや》いた。

「君は……一体、何を言ってるんだ？　何の話をしてるんだ？」

「……は？」

眉根をつり上げるエンデアに、アルヴィンが言葉を続ける。

「僕が君を裏切った？　【ヴァージャの刻印】で君を嵌めた？　エヴァ様を唆《そそのか》した？　……知らない。そんな話、僕はまったく知らない……」

「ふうん……あくまで惚《とぼ》ける気なのね、姉様……別にいいわよ？　死ぬまですっとぼけていれば？」

エンデアが、そんなアルヴィンを蔑むように鼻で笑う。

「まぁ、いくら事実を突きつけられても、貴女の立ち場からすれば、すっとぼけるしかないものね⁉　貴女は清く正しい王っていうキャラで売り出そうとしてるんだから、私の言葉を認めるわけにはいかないものね⁉」

「だから、僕は本当にそんなこと知らない！　僕がエルマにそんな仕打ちするわけないじゃないかッ⁉」

アルヴィンの頑とした否定に、エンデアが一瞬怯《ひる》む。

「……ッ！」

「たった一人の妹なんだよ⁉　家族なんだよ⁉　どうして、そんなエルマに僕がそんな酷《ひど》いことをしなきゃならないんだ⁉

本当のことを言ってくれ、エルマ！　一体、君の過去に本当は何があったんだ⁉」

「姉様、どこまで私をバカにすれば……ッ！　もう、本っ当に大嫌いッ！」

アルヴィンが訴えかけるように、エンデアが突き放すように。

それぞれ激情を込めて、互いに吠《ほ》え合い、睨み合っていると。

「……まぁ、成る程な、大体、わかった」

シドが、ぼそりと口を挟んだ。

「シド卿《きょう》？」

「フン！　貴方《あなた》に何がわかるってのよ？　これは、さすがに貴方には関係ない話よ。部外者は引っ込んでてくれない？　これは、私と姉様の問題……」

「確かに部外者だが、だからこそわかることもある」

シドが肩を竦《すく》めた。

「結論を言うぞ。嵌《は》められたのはお前だ、エンデア」

「……は？」

「お前は、生まれながらに魔王の継承者だった。

だが、アルマ……アルヴィンのためにそれを拒んでいた。一生、魔王の力を自身に封じ込めるつもりでいた。そのまま一生を檻《おり》の中で終えるつもりだった。

だが、それは、お前が魔王に覚醒することを期待する者にとっては不都合だ。

だから、お前が自ら望んで魔王の継承者となるよう、その剣の力を受け入れるように仕組まれた。ただ、それだけの話だ」

「な、何をバカなこと言って……」

「そもそも、お前の話には決定的な矛盾があるだろ」

「え？」

目を瞬《しばた》かせるエンデアへ、シドが続ける。

「闇の禁呪魔法【ヴァージャの刻印】……あれは闇側《ダークサイド》に属する者にしか使えない妖精魔法だ。……光側《ライトサイド》のアルヴィンがどうやって、それを使用したんだ？」

「……えっ……？」

虚を突かれたような表情になるエンデア。

「そっ、そんなの……知らないわよっ！　え、えーと……多分、他の誰かに用意してもらうとか……？」

「大分、苦しいな。だが、お前も気付いたはずだ。話の不自然さに。

まぁ、百パーセント、お前を嵌めたというアルヴィンは偽者《にせもの》だ」

「そ、そんなこと……」

目を泳がせて、再び鬼の首を取ったかのようにシドを睨む。

「あ、あり得ないわッ！　あの聡《さと》いエヴァが、あの時のアルマ姉様とその言葉に、何の疑いも抱かなかったのよ⁉　だったら、あの時のアルマ姉様の裏切りは真実――……」

「皆、心の間隙《かんげき》を突かれたんだよ」

シドが嘆息しながら、淡々と言った。

「【嘘《うそ》と真の境界線】……人の心を撹乱《かくらん》する古の魔法に、皆、踊らされたんだ。

エンデアは、自身の境遇への不満と、アルヴィンへの嫉妬、そして僅かな疑い。

エヴァは、アールド王への秘めたる想《おも》いってとこか？

それらの感情を過剰増幅し、通常ならすぐに気付くはずの細かな矛盾や違和感を、完全に見失わせたんだ」

「……そんなこと……あるわけ……」

だが、口とは裏腹に、エンデア自身は戸惑いと動揺を隠せていない。

そんなエンデアを余所《よそ》に、シドは頭上を見上げる。

「本当に変わらないんだな、お前の手口は」

いつも穏やかなシドにしては珍しく、その言葉の端々に怒りを漲《みなぎ》らせて言い放った。

「伝説時代も、今も……そうやって、どれだけの人間を陥《おとしい》れれば気が済む？　自分の思い通りに転がし続ければ気が済む？　なぁ、フローラ……いや、フロレンス」

そんな言葉に。


くすっ。


空間に、心底愉快そうな笑いが小さく零《こぼ》れて……

「あらあらあらあら……一体、何のことだかわかりませんわ、シド卿」

そして、その場所に闇が蟠《わだかま》って……その闇が蠢《うごめ》き、一つの女の姿を形作って、シド達の前に、ふわり……と降臨する。

当然、オープス暗黒教団の大魔女フローラだ。

「惚けるな。お前が仕組んだんだろう？　お前が【ヴァージャの刻印】を組み、お前がアルヴィンの姿を偽り、お前がエンデアを地獄へ叩《たた》き落《お》とした。そうだろう？」

「そ、そういえば……」

アルヴィンも気付いたように言う。

「フローラ……君は、以前も【嘘と真の境界線】を使って、僕の学級《クラス》に仲間として忍び込んで……まさか……ッ⁉」

「ああ。ああいう人をおちょくる回りくどい小細工が大好きなのさ、この女は」

シドがにこにこ笑うフローラを、鋭く睨み付ける。

「そもそもな。このタイミングで現れるということは、お前、最早《もはや》、隠す気ゼロだろ。いい加減、本性を現したらどうだ？　茶番はもううんざりだぜ」

すると。

突然、エンデアが何もかもバカバカしいとばかりに高笑いを始めた。

「ぷっ！　あはっ！　あははははっ！　あっはははははははははははははははははははははははははははははははは――っ！

何言ってるの⁉　バカじゃないの⁉　バッカじゃないの⁉　フローラが私を嵌めたですって⁉　あり得ないわ、そんなのっ！

百歩譲って、あのアルマ姉様が偽者だったとして、それがフローラだったなんてこと、絶対ありえないんだからっ！」

自信と確信に満ちた顔で、エンデアがフローラに横から抱きつく。

「フローラはね！　薄情な姉様や父様とは違うの！

フローラだけは、絶対に私の味方なんだからっ！

あの日、妖精界の深層域に落っこちて、全てに絶望していた私を、どこからともなく現れたフローラが助けてくれたの！

　この妖精剣の力の使い方も教えてくれたしねっ！

そして、フローラは私に約束してくれたわ！　私を真なる王にしてくれるって！　憎い憎いアルマ姉様の世界を、滅茶苦茶にするのを手伝ってくれるって！

以来、フローラはずーっと、ずーっと、私と一緒に居てくれたわ！　いつだって傍に居てくれた！　私のどんな願いやわがままも聞いてくれたわ！

フローラは、アルマ姉様以上に、私の姉様なんだからッ！

そんなフローラが私を陥れたですって⁉　そんなのあり得ないんだからッ！」

そして、何の疑いもなく、エンデアが満面の笑みでフローラに問いかける。

「そうよね⁉　フローラ！」

だが――

「え？　普通に全部、私の仕業ですよ？　私の可愛《かわい》い主様」

フローラは、どこまでも穏やかに、どこまでも愉《たの》しそうに、そうにっこり笑って、あっさり白状するのであった。

「……えっ？」

「うふふ……まぁ、私の可愛い主様はどこまでも私を信じ切っていますから、何か適当に嘘を吐けば、この場はきっと簡単に誤魔化せるのでしょうけど。

そろそろ、私の計画も最終段階なので、ネタばらしです♪　くすくす」

「う、嘘……嘘よね……？」

声を震わせながら、エンデアがフローラから離れ……一歩、また一歩と後ずさる。

「ねぇ、嘘だと言ってよ……ッ！」

すると。

エンデアの見ている前で、フローラの姿が、ぐにゃりと幻のように歪《ゆが》む。

そして、その揺らぐ幻がやがて、一つの別の姿を結像する。

現れたその姿は……

『嘘じゃないよ、エルマ。私がエルマとエヴァ様を欺《だま》したの。二人とも心が隙だらけだったから、凄《すご》く欺しやすかったの。……ごめんね』

……エンデアの記憶の中にある、幼い頃のアルマそのままの姿であった。

「…………」

それを真っ青になって、呆然《ぼうぜん》と見つめるエンデア。

そして、再び元の姿に戻ったフローラが、そんなエンデアに笑いかける。

「……なんで……？」

「私には、悲願があったんです。そのためには、どうしても貴女様《あなたさま》の魔王としての覚醒が必要だったんです」

フローラが震えるエンデアに歩み寄り、その顎をくいっと持ち上げ、覗《のぞ》き込む。

「どうして、キャルバニア城と王都を破壊したら、貴女様に魔王としての力が完全に戻ったかわかりますか？

あの城と都は一種の封印装置……蓋だったんですよ。

とある強大で、凶悪な王の魂を、地中深き、妖精の異界に封じ込めるための巨大な蓋。

それを壊すことで、今世の魔王の継承者である貴女様に力が戻った」

「…………」

「今、あの人の魂は、今世の魔王である貴女の内に戻っているわ。

後は……その肉体の主導権を入れ替えるだけ……

それだけで……私の愛しい主様は、真の意味で、この世界に復活する。

そう——私は、ようやっと、あの御方に再び見えることができるのです」

そう言って、フローラは極上の妖しい笑みを、エンデアへ向けて……

ぞくり、背筋に凄《すさ》まじい悪寒《おかん》を覚えたエンデアが、フローラを突き飛ばす。

「あ、……ぅあああ……ッ!? やだ……やだぁ……ッ!」

そのまま、恥も外聞もなく、頭を抱えてその場から逃げ出そうとする。

が。

ぱちん。フローラが指をはじくと、その玉座の間全域に魔法陣が展開された。

その魔法陣から特濃の闇が吹き上がり——逃げようとするエンデアを絡《から》め取った。

「ぁああああああああああああああああああああ——ッ!?」

途端、エンデアの絹を裂くような悲鳴が上がった。

「え、エルマッ!」

アルヴィンが思わずエンデアへ向かって駆け寄ろうとするが。

「駄目だ、近づくな。……呑《の》まれるぞ」

険しい顔のシドが、アルヴィンを手で制する。

全身のウィルを燃やし、光のマナを練り上げて纏《まと》って盾となり、アルヴィンを渦巻く闇から守る。

「最後の準備をしてくる……と言ったでしょう？　もう準備は終わっていたんですよ、私の可愛い主様……」

「あ、ああああっ！　嫌っ！　何かがやってくる⁉　私の奥から……ッ⁉」

闇が。闇が。闇が。

吹き上がる闇が、みるみるうちにエンデアへと侵食していく。

侵食していく度、魂《ウィル》が凍り付いていくような、自我が崩壊していくような感覚に、エンデアはただただ恐怖し、泣き叫んだ。

「やだ！　やだやだやだっ！　私を犯さないで⁉　私を奪わないで⁉　ぁああああああああああああああああああああああああああ──ッ！」

「大丈夫ですよ。ただ、受け入れてください。

もとより、貴女はそのために私が用意した〝器〟だったのですから……

ああ、長かった……王家に双子が生まれるまで……本当に長かった……」

「酷《ひど》い！　酷いよ、フローラ！　信じてたのにッ！　信じていたのにッ！　私のことが大事だって、全部嘘だったのね⁉」

「いいえ、大事でしたわ。貴女は本当に私の妹のような存在で……私、こう見えて、貴女のことを、心から愛していましたわ、私の可愛い主様……

ですが、私にはもっと愛する御方がいた……ただ、それだけの話ですわ」

「あ、あああ……ぁああああああ……ッ！」

「大丈夫、大丈夫。貴女の悲願は、私と、私の愛しい主様が代わって必ず果たしますわ。アルマ様が憎いのでしょう？　この国が、この世界が憎いのでしょう？　ええ、全部、全部、破壊して差し上げます。だから……貴女は安心して、その〝器〟をあの御方にお譲りくださいませ。永遠の眠りの中を揺蕩《たゆた》いくださいませ」

「違うっ！　私は……ッ！　私、本当は……そんなことしたくなかった……ッ！　でも、私にはもうそれしかなくて……ッ！　だから……ッ！」

「もちろん、それも実はわかっていましたわ。私の可愛い主様。貴女は本当に、操りやすくて可愛くて……大好きでした」

「あ、ああ、あ……」

「さぁさ、子守歌でも歌って差し上げましょう。お休みくださいませ。この世界が終わるまで。終わった後も永遠に……」

「い、嫌ぁあああ――ッ!?」

玉座の間に吹き荒れる闇の中、エンデアの悲痛な叫びが残響する。

何もかにも裏切られ、何もかも失って。

そして、自分自身すら、為《な》す術《すべ》すらなく奪われようとしていた……その時。

最後に彼女が縋《すが》るものは……縋ったものは……


「アルマ姉様……ッ！　シド卿《きょう》……ッ！」


エンデアは、泣きじゃくりながら二人へ手を伸ばす。

もうとっくに、自分にその資格なんてないとわかってはいても、その手を伸ばさずにはいられなかったのだ。

「私を助けて……助けてよぉ……ッ！」

「エルマ！」

「…………」

そんなことを言い残して。

かっ！　魔法陣から引き上がる闇が――完全に世界を覆った。

第七章　閃光《せんこう》の――……

ビュゴオオオオオオオオオオオオオオ――ッ！
闇が世界を覆い、四方八方へ吹き抜けた衝撃で、玉座の間の四方の壁が悉《ことごと》く吹き飛び
――その場所は、吹きさらしとなっていた。
凍《い》てつく外気と、猛烈なる吹雪が、今、そこには暴力的に渦を巻いている。
ダクネシア城の最上階。もっとも天に近き場所にて。
そこに、一人の〝王〟が君臨していた。
姿形、肉体そのものは、先ほどのエンデアと何も変わっていない。
だが、その中身がガラリと変わっていた。
「……………」
エンデアだった者は、手を開いたり握ったりしながら、己が具合を確かめている。
やがて、シドをちらりと流し見て、にっこりと笑って言った。

「……久しぶりだね、シド卿」

すると——

「……アルスル」

シドが険しい表情で、そのエンデアだった人物を見据える。

「……え？　アルスル……ご先祖様？」

目を瞬《しばた》かせるしかない、アルヴィン。

「そうだよ。女性の身体《からだ》での復活というのが奇妙なことだけど……僕は、確かにアルスル……君のご先祖様だよ。

今世に、こうして生を得るのは本当に久しぶりだ。もう千年ぶりくらいかな……そう、君に裏切られたあの日から、随分と長い時間が経《た》ってしまった……」

そのアルスルを名乗る人物は、シドにそう言って。

そして、傍《かたわ》らに感極まったように控えるフローラを見て、優しく言葉をかける。

「君が、僕を封印から解き放ってくれたんだね、フロレンス。大義だった」

「ああ、アルスル様……私の愛しい主様……この日を……一日千秋の想《おも》いでお待ちしておりましたわ……ッ！」

そう叫んで。

　フローラが、アルスルを名乗る人物へと縋り付く。

　アルスルを名乗る人物は、それを悠然と受け止め、穏やかに笑った。

「え？　……え？　どういう……こと……？」

　アルヴィンがシドへ縋るような目を向けるが、シドは無言で何も答えない。

　すると……

『貴方《あなた》の騎士の誓いは大切でしょうけど、もう隠しておける状況じゃありませんよ』

　シドの腰の光の妖精剣から、光の妖精神《エクレール》が再び姿を現した。

「ど、どういうことなんですか？　光の妖精神《エクレール》……」

『単純な話です。伝説時代、世界に死の冬をもたらした〝魔王〟というのは……聖王アルスルその人だったのです』

　その光の妖精神《エクレール》の言葉に、アルヴィンは愕然《がくぜん》として言葉を失った。

『もちろん、最初は、アルスルは人々のために戦う、正しき真の聖王でした。ですが──彼はいつしか、闇に魅入られてしまったのです。

　そして、誰もが彼の圧倒的な闇と冬の前に屈した。世界が彼に屈した。

　けれど、そんな魔王アルスルに抗した、唯一の騎士が──……』

「昔の話だ」

シドが、穏やかながら強い意志を持って、アルスルへ向かっていく。

しゃき、と。

右手に黒曜鉄の剣、左手に光の妖精剣。

二刀を携え、厳然たる意志でアルスルへ向かって歩いて行く。

「ただ一つだけ言えることがある。

俺は、魔王アルスルを倒す……そのために、かつて光の妖精神《エクレール》と契約し、こうして、この時代に復活したんだ」

「……ッ!?」

「ようやくだ。ようやくお前との約束を果たす時が来たぞ、アルスル」

すると。

「そうですね……ほとんどが私の思い通りに運ぶ中……貴方の存在だけが、いつも想定外でしたわ、シド＝ブリーツェ」

今まで歓喜と余裕に満ち溢《あふ》れていたフローラが、微《かす》かに不快そうにシドを見る。

「貴女《あなた》も随分と残酷な使命を、たった一人の騎士に課したものですね？　光の妖精神《エクレール》」

『…………』

一体、フローラと光の妖精神《エクレール》の間に、どういう因果があるのか。

二人はただ静かに、苛烈に睨《にら》み合う。

そして、光の妖精神《エクレール》は黙って、光の粒子となって消え……シドが握る光の妖精剣の中へ戻っていく。

すると、それを見たフローラも、なぜか闇の粒子となって……アルスルが握る闇の妖精剣の中へと吸い込まれていった。

魔王と騎士が相対する。

始まる激闘の予感に、アルヴィンが震えていると。

「本当に悪かったな、アルヴィン」

シドがアルヴィンに背中を向けたまま、不意にそんなことを言った。

「伝説時代のゴタゴタを、この時代に巻き込んでしまった。

でもな……皆、本当はこんなことがしたかったんじゃない。

皆、ほんの少しの心の闇……心の間隙《かんげき》を突かれたんだ。

そう、皆……ほんの少しだけ弱かったんだ。

人には、どうしたって消せない弱さがある。

だから、古き騎士の掟《おきて》……己を律して、少しでも強くあろうとした」

「その点、君は異常だったけどね、シド卿」

その時、アルスルが闇の深い顔で笑った。

「誰もが消せぬ闇を心に抱える中……唯一、君だけには闇がなかった。君はただ——虚無なだけだった。だからフロレンスに魅入られなかった」

「否定はしないさ。それゆえの《野蛮人》だ。

そして、そんな《野蛮人》だからこそ、できることがあった。

何もない空っぽな人生だったが……俺の人生悪くなかった。前世も今世も」

そう言って、シドが剣を構える。

ずしん、と。空間がシドの気迫で悲鳴を上げる。

そして、静かにアルヴィンへ言った。

「……最後の王命《ラスト・オーダー》を。我が主君」

「！」

途端、アルヴィンが何かを悟ったように、顔を悲しみに歪《ゆが》める。

もうほとんど消えかかっている手の甲の紋章を、ただただじっと見つめる。

アルヴィンには、猛烈な〝予感〟があった。

恐らく、シドはこの戦いで——……

「お前が気に病む必要はないさ」

そんなアルヴィンに、シドが穏やかに言う。

「俺は……このために、二度目の生を受け、ここに立っているんだ。何も気に病む必要はない。お前は王としての務めを果たすだけでいい。アルヴィンとしての想いの丈《たけ》を、ありのまま言葉に吐き出せばいい。……最後の王命《ラスト・オーダー》を。我が主君」

すると。

アルヴィンはごしごしと目元を拭い、それでも毅然《きぜん》とした態度でこう言い放つ。

「我が親愛なる騎士、シド卿よ。この国に……この世界に仇為《あだな》す魔王を……見事、討ち果たしてみせよ！　我が最愛の妹であるエルマ姫を救ってみせよッ！

これは──王命である……ッ！」

「御意。我が主君」

すると、シドは全ての覚悟を決めたように。

アルスルへ向かって、一歩歩き出そうとした……その時。

アルヴィンの口が、さらに動いた。

「されど、余の許可なく逝《ゆ》くことは許さぬ。

魔王を倒せ。そして──必ず余の元に凱旋《がいせん》せよ」

「アルヴィン……それは……」

思わぬ追加命令に、言葉を失うシド。

「〝騎士は真実のみを語る〟……いつか、貴公は余と常に共にあると言ってくれた。騎士の誓いを違《たが》えるのか？　掟を破るのか？」

「…………」

すると、シドは苦笑いして。

「……御意。今世でお前に会えて、本当に良かった」

それこそ清々《すがすが》しい顔で、アルスルの元へと歩み寄っていくのであった。

アルヴィンはただ、そのシドの背中を見つめ続けた。

────。

どこまでも深まる、天高き冬の世界で──

騎士と魔王は、ついに激突した。

「はぁあああああああああああ──ッ！」

「……ふッ！」

初手は、騎士だ。
吹雪と闇を吹き飛ばさんばかりの、壮絶なる稲妻を漲《みなぎ》らせた双剣。
右の剣を上段《フォムターク》から縦一文字、左の剣を横一文字──闇に刻まれし、光の十字。
対し魔王は、後の先を取る。
眩《まばゆ》き稲妻をも塗り潰すような闇と凍気を纏《まと》った剣。
左脇から右上に撥《は》ねるように切り上げ、双剣十字を同時に闇で塗り潰す。
剣圧で悲鳴を上げる世界。果てまで残響する金属音。爆《は》ぜ散る火花は、花火のよう。
刹那、二人はその場を竜巻のように回転する。
騎士は右回転。
魔王は左回転。
それぞれの回転が旋風を巻き起こし、それに乗せて次手を放つ。
後は互いに、流れるように疾《はや》く、激しく繰り出される斬撃剣《けんげき》戟乱舞。
かつての、騎士と魔王の戦いの初動を完全になぞって。
二人の壮絶なる戦いが始まった。

互いに、刹那に凄《すさ》まじい威力の斬撃を幾度となく応酬しながら、光と闇がせめぎ合う——

「酷《ひど》いな、シド卿《きょう》。君は」

至近距離で無数に剣を繰り出しながら、アルスルが言った。

「また、この僕を裏切るのかい？　あの時のように」

「ああ……俺は《野蛮人》だからな」

シドが不適に笑いながら剣を返し、応じる。

こうして、言葉を一言二言かわしている間に、何十何百もの剣と剣を喰《く》らい合わせながら、嵐のように動き回りながら、二人は言葉を交わし合う。

「どうしてだい？　僕が王になれば、全てが理想の世界がやってくるというのに？」

「死と静寂の世界がお前の理想だと？　冬の亡霊と化して、永遠にこの世を彷徨《さまよ》うのが、正しい人間の姿だと？」

「……ああ、そうだよ」

アルスルがにっこりと笑う。

「死は平等だ。そして、安らぎであり、永遠だよ。

せっかく築き上げた平和や安寧が崩れることもない。誰もが戦争や飢えに怯《おび》えることもない。もう誰も苦しむことはないんだ」

「…………」

「それにね……その世界では騎士道は永遠だよ。君もわかっているんだろう？

平和の世界では、騎士なんて必要なくなる。僕達は存在価値を失ってしまう」

「…………」

「だが、魔王たる僕が世界を統《す》べれば、君たちが存在価値を失うこともない。永遠に闘争し続けることもできる。闘争しても、誰も悲しむこともない。思う存分やれる。

これを理想の世界と言わずして、なんて言うんだい？」

シドが全力で剣をなぎ払って、アルスルの圧を押し返した。

壮絶な剣圧が吹き荒れ、両者の間合いを再び開ける。

その刹那、瞬時に二人は距離を詰め――さらに打ち込み続ける。さらに。さらに。

「……そんなものが……お前が俺に見せたかった世界なのか？」

「！」

「違うだろ。そんなものを見せられても、俺はちっとも嬉《うれ》しくないぞ。お前が目指した理想は、世界は……もっと尊く、暖かく、輝かしいものであったはずだ。

だからこそ《野蛮人》だった俺ですら憧れた。

お前の思い描く理想を見てみたいと思ったんだ」

激突、激突、激突。衝撃、衝撃、衝撃。金属音、金属音、金属音。

シドが二刀を猛然と振るって、アルスルを攻め立てる。

「だから、僕を裏切るんだね？　あの時のように」

「違う。正しただけだ」

シドが猛攻を続ける。返し技を放つ。

「人は間違う。王も人だ。時に間違う。ならば、それを正すのも騎士の務め」

アルスルの剣戟を打ち落とし、間合いを取り、さらに撃ち込む。

「ましてや、今のお前は――アルスルであって、アルスルじゃない」

「……ッ！」

「以前のテンコと同じだ。お前はアルスルの心の中にあった〝闇〟だ。

それをフロレンスに増幅され、操られ、支配された存在だ。

リフィスも、ローガスも、ルークも、お前に仕えた他の騎士達も……あの時代を必死に生きた皆がそうだった。疲れ果てていた。

それゆえに、心の中の〝闇〟につけ込まれてしまった」

アルスルが剣を振るう。瞬時に翻《ひるがえ》る無数の斬撃。

「……終わりの見えない長い戦いの中で、皆、疲れていたんだよ」

電光石火。シドがそれの悉《ことごと》くを二刀で受け止める。

「わかる。誰もが疲れ果てる中、何も変わらない俺だけが異常だったのかもしれない。

お前の言う通り……俺には何もなかったのだからな。

だから——俺が終わらせる。《野蛮人》の俺にしかできない役目を全うする。

お前の闇を……浄化する。あの時のようにな」

二人はそう穏やかに言葉を交わし合っているが——それとは裏腹に、二人が展開しているのは、常人の目には一撃たりとも止まらない、地獄の超高速戦闘空間だ。

傍《はた》から見ているアルヴィンには、二人が一体、何をやっているのかすらわからない。

自分ごときが加勢する……そんな気など微塵《みじん》も起こらない、まるで異次元の領域の戦いであった。

と、その時。

『言っておきますが、シド卿……あの時の手は通用しませんよ？』

アルスルの傍《かたわ》らに、背後から抱きしめるようなフローラのイメージが浮かび上がった。

『貴方《あなた》が、光の妖精神《エクレール》と契約して得た【聖者の血】……アルスルの剣をあえてその身に受けることで、その血で直接浄化する……そんな小細工は二度通用しませんよ？』

するとー。

『……事実です』

今度は、シドの背後に光の妖精神《エクレール》の姿が浮かび上がる。

『あの子は、あの時の貴方の奇手を完全に警戒し、呪的防御を堅固に構えています』

「だろうな」

『今のアルスルを倒すには、光の妖精剣たる私で、直接アルスルを斬り伏せ、剣から直接貴方の血を相手に撃ち込むことのみ……ッ！』

シドが右手に握る光の妖精剣をちらりと流し見る。

今、その剣はシドから血を吸い上げ、光のマナへと転化させて輝いている。

『ですが……それでは……』

「アルスルの依《よ》り代《しろ》になっているエンデアは死ぬだろうな」

「……ッ！」

シドの結論に、後方で戦いを見守るアルヴィンの表情が歪《ゆが》んだ。

だが、それを気にせず、シドは間合いを計り直し、即座に剣を繰り出し続ける。

「さて、どうするかな。なんでか知らんが、俺、アルスルにだけは、昔から勝てないんだよな……前回、そういう小細工に頼ったのもそのせいだし。

ま、なるようになるだろ」

「なるようにならないよ。わかっているのかな？　君の残り時間」

アルスルが黒い閃光《せんこう》のような剣撃を撃ち込んでくる。

シドが咄嗟《とっさ》に左右の剣を交差させ、頭上で受け止める。

押し返し、跳び下がり──それにアルスルが嵐のように追撃を仕掛けてくる。

「この【黄昏《たそがれ》の冬】は、世界を死の静寂に追い込む、最後の魔法。

今、この世界は、常に死へと向かっていっている。

ゆえに、君の光の妖精剣も刻一刻と死に向かっている……力を失いつつある」

「……ッ！」

「つまり……生命を司《つかさど》る光の妖精神《エクレール》との契約で、この世に繋《つな》ぎ止められている君も、刻一刻と死に向かっている。

逆に、死の冬が広がれば広がるほど、僕の闇の妖精剣は力を増す。

死は、この剣の司る力だから──ねッ！」

交錯する剣戟の最中、アルスルが一際《ひときわ》強く、鋭く剣を振るう。

それを受け止めたシドが完全に押し負け、床を滑っていく。
それを地を走る紫電のように、アルスルが追撃していく。
「そのようだな……」
シドが荒い息を吐きながら、アルスルの攻勢を捌《さば》く、捌く、捌く——
シドの顔色は悪い。見てわかるとおり、絶不調だ。
「君にできることは、もう何もない。
大人しく、この世界が冬に包まれているのを見ていればいい。
僕の真なる王道が、この世界を導くのを見ていればいい」
「させない。
あいつに仕えた一人の騎士として。
あいつの王道を間違えさせるわけにはいかないんだ」
シドが、ウィルの呼吸で、壮絶なるマナを練り上げる。
「俺がたとえ《野蛮人》として後世永遠に汚名を残しても——聖王アルスルの名だけは
……俺の全身全霊にかけて、貶《おとし》めさせはしない！」
そのマナを、左右の剣に十全に通して。
「ぉおおおおおおおおおおおおおおおおおおおおお——ッ！」

雷速でアルスルへと突進し、斬りかかった。

だが、その渾身《こんしん》の一撃を──……

「甘いね」

アルスルがあっさりと、横薙《よこな》ぎの剣で弾《はじ》き返す。

シドが弾き返され──戦いの円が不意に途切れる。

「……ッ!?」

「伝説時代の君ならいざ知らず、今の君の剣は到底、僕には届かないよ」

そして、アルスルは剣を下げたまま、悠然とシドへ向かって歩き始めた。

これまでの戦いの趨勢《すうせい》は明らかだった。

たったこれだけの立ち回りで、シドは極限まで消耗しきり、荒い息を吐いており。

アルスルは、息一つ乱れず、汗一つかいていない。

「もういい加減わかるだろう？　君は僕には勝てない」

「…………」

「最初の、僕と君の出会いの時の戦いも。

二度目の、騎士としての君と魔王としての僕の戦いの時も。

結局……僕が勝って、君は敗れた」

「………」

「二度目の戦いは、ただ君の身体《からだ》に流れる【聖者の血】にしてやられただけ。勝負そのものは、僕の勝ちだったんだ。三度目だって同じさ。ましてや、そんなに弱った君じゃね」

「果たしてそうかな？」

シドが不適に笑い、だらりと双剣を下げる。

「確かに、お前は強いよ、アルスル。

お前は……いつだって、俺が決して持ち得ない強さを持っていた。

俺は、お前のそういう所に惹《ひ》かれていたんだ。

だけどな。俺自身よくわからないんだが……この時代に転生して、俺もようやくお前みたいな強さを得ることができた……そんな気がするんだよ」

ちらりと、アルヴィンを流し見るシド。

「伝説時代の俺は、空っぽだった。

でも、今の俺は、その空っぽの中に何か大切なものが色々詰まった気がするんだ。

キャルバニア王立妖精騎士学校で、ガラでもない教官なんてやったせいかな。

こんなに空っぽでも、かつてないほど弱っていても、不思議と焦《あせ》りは感じないんだ。

見損なうなよ、アルスル。

今、お前の前でフラフラで立っている男はな……かつてないほど最弱の《野蛮人》だが、かつてないほど最強の《閃光の騎士》なんだよ」

そう毅然《きぜん》と言って。

再び、シドは双剣を構えた。

ウィルの呼吸でマナを回し、戦いの体勢を整えていく。

戦いで消耗した体に、再び活力が漲《みなぎ》っていく。

そんなシドの姿に、アルスルが微《かす》かに目を見開く。

「まだ、君にそんな力が……？　いや……」

アルスルは、はっと気づき、シドの後方にいるアルヴィンを見る。

見れば、アルヴィンは自分の右手の紋章を左手で握りしめ、祈るようにウィルの呼吸を繰り返している。

「……シド卿《きょう》……ッ！」

「……成る程。シド卿が弱った分、彼女がマナを練って……紋章を通してシド卿へ送っているというわけだね。

この凍気の中、自分の守りに回すべきマナを全てシド卿へ送っているわけだ。今にも燃え尽きそうなシド卿が、辛《かろ》うじてこうして戦えるわけだよ」

ビキビキ……と。アルヴィンの足が、下から徐々に氷塊に飲み込まれて言っている様を見て、アルスルは納得したようにほくそ笑む。

「いや……単純なマナの問題だけじゃないよね？」

「……………」

「階下で戦っている君の生徒達……仲間達……君が今世で得た新しい絆《きずな》、新しい国……それらが、君の根底的な支柱になっている……そうだね？」

「さあな？」

「ははは……《野蛮人》なんてとんでもないよ。

やっぱり君はなんだかんだで、根っからの騎士だったわけだ。

成る程、ならばこのまま武《ぶ》だけで押し切るのは、少々手間だね。

なにせ、騎士っていう人種は、守るものがあると、理屈を超えた信じられない底力を発揮するものだからね……それは僕も君もよく知ってるだろ？」

「ああ。なにせあの時代、俺達の周りの連中は皆、そんなんばっかだった」

「そうだね。じゃあ……まず、そこから折ろうか」

そう言って。

アルスルが前へ出て、その闇の妖精剣を掲げた。

「汝《なんじ》は光と共に創世と原初を司りて・遍《あまね》く生命の死を司った黄昏の闇・——」

その瞬間。

びゅごお！　と、この世界に闇の凍気が果てまでわだかまった。

ただでさえ強かった猛吹雪が、ことここに来て、さらに爆発的に強くなる。

今までも大概次元が違うが、これはまたさらに天元突破した次元の違う凍気であった。

世界に残されたなけなしの熱がさらに暴力的に奪われ、気温が一気に下がる。

否——停止を強制されていく。

まるで絶対零度を振り切らんばかりの勢いで——

「こ、これは……アルスル様の……魔王の……大祈祷《だいきとう》……ッ!?」

「下がっていろ、アルヴィン」

さしものシドも、今のアルスルに手出しはできない。

アルスルを中心に凄《すさ》まじい氷結地獄が渦を巻いている。

近づけば、あらゆるマナが停滞し、全てが凍《い》てついてしまうだろう。

「・汝は憎い・この世界が憎い・摑《つか》めぬゆえの光が憎い・ならば、我は愛する汝の求めに応じて届かぬ春を殺し・――」

世界に対する魔王の勅命は続く。

それに応じて昂《たか》ぶっていく、絶望的な凍気。

その場に居合わせる者は皆、誰もが本能レベルで悟るだろう――あの祈祷文の先にあるのは、ただただ、世界を終わらせる掛け値なしの破滅なのだと。

今、世界終焉《しゅうえん》の秒読みが始まったのだと。

シドとアルヴィンは、ただ黙ってそれを見つめていることしか出来ず――

「・共にこの三千世界に常世《とこよ》の冬を招きて・静寂と安寧の永遠を敷く者なり――ッ！」

そして――ついに、魔王の祈祷文が完成すると同時に。

その頭上に掲げた剣から、さらなる猛烈なる闇と吹雪が巻き起こり、四方八方へと一気に拡散、世界の果てまで、衝撃と激震と共に一気に広がった。

「――ッ!?」

とんでもない凍気だった。

アルスルを中心に発生する。爆発的な闇色の寒波。

闇が、闇が、あらゆる生命を凍てつかせる、圧倒的な闇の波動が。

この世界の全てを覆っていく。覆い尽くしていく。塗り潰していく。

生命が生命であることを、断罪するかのように否定していく。

まさに天変地異の大異変。

世界が変革する時。

大祈祷――成就《じょうじゅ》。

凄まじい冬の世紀の到来――氷結地獄の具現である。

「し、シド卿!?」

「アルヴィン！」

シドが全身のウィルを燃やし、咄嗟《とっさ》に身を挺《てい》してアルヴィンを庇《かば》う。

凍る。

凍る。
全てが――凍り付いていく。
大地に積もる雪は結晶化し巨大な氷塊となっていく。
世界が。世界が。
深まる冬に。
氷結地獄に塗り変わっていく――……
「はははははっ！　あっはははははははははははははっ！」
渦巻く吹雪の中に、高らかに響き渡るアルスルの声。
そして――……
「……ッ⁉」
ふと、アルヴィンが我に返る。
衝撃で一瞬、意識が飛んでいたらしい。
頭を振りながら、周りを見渡す。

そこに広がっていたのは――

「な、なんだ、これ……ッ!?」


アルヴィンも、今まで敵の大祈祷が引き起こす恐るべき奇跡の現象を、何度も目《ま》の当たりにしてきたが……今回の現象はさらに格が違う、次元が違い過ぎる。

同じ大祈祷という言葉で括《くく》ることが憚《はばか》られるほどに。

世界そのものが、その有様《ありさま》を完全に変えていたのだ。

それはまさに――この世の地獄の光景だった。

全てが地平線の果てまで、分厚い氷塊に閉ざされた、完全なる死の世界であった。

眼下の建物が、遠くの山々が、氷そのものの海の底へ完全に沈んでいるのだ。

このダクネシア城もこの最上階の玉座の間を残して、下の半分以上の階層が完全に氷の海に飲み込まれ、閉ざされてしまっている。

これでは、今、最下層のホールで戦っている仲間達はきっと――


「皆、死んだだろうね」

アルヴィンの不安を抉《えぐ》るように、アルスルが得意げに言った。

「かくして、君達の仲間達は、僕の配下となった。永遠に凍れる亡者《もうじゃ》となって」

「……ッ！」

アルスルの言葉に、アルヴィンが愕然《がくぜん》とする。

「彼らだけじゃない。今、この世界の全てが、この冬に閉ざされた。

この世界の全ての命が、雪と氷に閉ざされ、僕にひれ伏し、忠誠を誓った。

この世界は、今、死んだのさ」

「そ、そんな……」

「その証拠に──……」

ビキッ！

アルヴィンを庇うシドの右手の剣──光の妖精剣に盛大にヒビが入った。

「……あ……」

「光の妖精神《エクレール》は、この世界そのものの化身といっていい。ならば、その世界が死ぬ時、彼女も死ぬ。当然、その妖精剣も」

「…………」

「どうだい？　シド卿《きょう》。今、その剣から彼女の言葉は……聞こえるかい？」

シドは無言を貫き続ける。

それはこれ以上にないほど、雄弁なる肯定の沈黙だった。

そうしている間にも、シドの右手の剣は、ボロボロと破片を零《こぼ》しながら、ゆっくりと崩壊していた。

「その剣なくして、僕は倒せない。そして、今回は君の【聖者の血】などという絡《から》め手は受けない。最初から勝負は決まっていたんだよ。

そして、光の妖精神《エクレール》が死ぬということは、当然——……」

アルスルが、シドへ改めて目を向けると。

「……ッ！」

シドの身体《からだ》からも、マナの粒子がボロボロと零れ始めていた。

シドの存在消滅への秒読みも、ついに始まってしまったのだ。

「あ、ああ……シド卿……シド卿……ッ！」

それをアルヴィンは絶望の表情で見つめるしかない。

「どうだい？　まだやるかい？」

「…………」

「いい加減、諦めたらどうだい？　君にはもう時間も、剣も、残された力もない。君の騎士道も、ここで終わるんだ」

「…………」

「もう充分じゃないか。君はよくやったよ……今も、伝説時代も。かつて、僕が掲げたありもしない理想の世界を目指して、君は本当に頑張った。でもね、そんな物は、突けばすぐに崩れてしまう砂上の楼閣なんだ。そんな物を命がけで守って、泣きながら作り上げて……一体、何になるというんだい？」

「…………」

「それよりも、世界が冬に閉ざされれば、永遠——あれほど、僕達が切望した永遠の安寧の世界が、こんなに簡単に作り上げられるんだよ」

「…………」

「……僕と共に行こう、シド卿。僕ら伝説時代の住人達で作り上げる永遠の新世界で、全てが平等に凍てつく不死の亡霊達が住まう永遠の楽園で、不朽なる騎士の栄光を共に謳《うた》おう。ねぇ？」

そんなアルスルの誘いに。

シドはゆっくりと……光の妖精剣を鞘《さや》に納めて——……


「断る」


ことここに来て、厳然と言い放つのであった。

「やはり、お前は聖王アルスルではない、ただの魔王だ。

騎士たる俺が討ち果たすべき敵だ」

「シド卿？」

「確かに、お前の作り上げる冬の世界では、あらゆる命が平等なのだろう。

もう誰も飢えもしない。悲しむこともない。

死が、誰もを平等に抱きしめる永遠の安寧の世界。

だがな……その永遠には光がない。暖かさがない。希望がないんだ、アルスル」

「……ッ！」

「あの時、お前に連れて行かれて、垣間見せられた世界は……誰もが、穏やかに笑っていられる世界だった。もっと暖かかったんだ。それこそ、春のように。

あれこそが、かつて何もなかった、空っぽの野蛮人が見た〝光〟なんだ。

俺が生まれて初めて見た〝夢〟なんだ。

そんな夢と光を追い、子供のように語るお前が好きだった。

俺には決して為《な》せないことを為せるお前の騎士であろうと、剣であろうと思った。

そのためなら、この命など——惜しくなかった。

たとえ後世、俺は全ての騎士としての名誉を失い、悪名だけが幅をきかせることになろうとも、そんなことはどうでも良かった。どうでも良かったんだ！」

がしゃり……シドが右手の黒曜鉄の剣を逆手に構える。

「そんな俺の希望を、光を否定するお前は——やはりアルスルではない。

ただの魔王だ。

魔王に、俺は決して傅《かしず》かない。

俺は騎士。常に正しき光を掲げる王にこそ傅き、かの者の剣とならん」

そして——

「アルヴィン！」

「！」

シドが呆然《ぼうぜん》と立ち尽くすアルヴィンへ、振り返らずに叫ぶ。

「お前は、どっちだ⁉」

「……ッ⁉」

「お前の目指す王道は、どっちだ⁉

この魔王が目指す、死と安寧が支配する永遠の冬の世界か⁉

それとも……痛みも、苦しみもありながら、さらには永遠などとはほど遠い……まるで泡沫《ほうまつ》の春のような世界か⁉

常に前を向いて、痛みを背負い、涙を流しながら守り続けなければならない、砂上の楼閣のような春か⁉　どっちだ⁉」

そう問われて。

アルヴィンの答えは当然──決まっていた。

「春です！」

アルヴィンは涙混じりに叫んだ。

「この世界は、確かに痛みと苦しみに溢《あふ》れている！

でも、僕は……安易な永遠などという言葉に逃げたくない！

痛みも悲しみも背負って、僕達は生きていく！　僕はそんな民達を先導し、守り、生きていく！　新たに生まれる命へと……次代へと繋《つな》いでいく！

それが……僕が考える王道であり、永遠です！」

「よく言った！　ならば、見よ！　俺の最後の戦いを！

我が剣と魂《ウィル》は、常に聖王アルヴィンと共にあり！」

シドがウィルを……否、己が存在を崩しながらマナに転化していく。

その黒曜鉄の剣に、闇の中で輝く眩《まばゆ》い稲妻を高めていく。

「君というやつは……」

アルスルは、そんなシドを見て、眩《まぶ》しそうに目を細めている。

「ははは、かつての僕は大した人物だったらしい。君のような男の忠誠と剣を得られていたのだからね」

「……行くぞ、アルスル。この一戦で俺の全てを燃やし尽くしてやる。

シド＝ブリーツェの騎士道の集大成、この一戦にあり、だ」

そう言って。

シドが――駆け出した。

全身に稲妻《みなぎ》を張らせて、それこそ雷速で駆け出した。

「……来い」

アルスルもシドへ向かって駆け出す。

刹那、真っ向からぶつかる二人の剣。

衝撃が、地の果てまで響き渡った。

「ぉおおおおおおおおおおおおおおおおおおお——ッ！」

「でやぁああああああああああああああああああああああああああ——ッ！」

二人が剣で打ち合う。

激しく。さらに激しく。

さらに。さらに。さらに。

矢継ぎ早に応酬される超絶技巧の応酬。

剣と剣が喰《く》らい合う度、稲妻と闇の凍気が弾《はじ》け、周囲に吹き荒れる。

「ぁああああああああああああああああああああああああ——ッ！」

「はぁあああああああああああああああああああああああ——ッ！」

全身全霊で斬り合い、殺し合う騎士と魔王。

それはまさに、伝説時代の再現。蘇《よみがえ》る神話だ。

「シド卿……ッ！　シド卿……ッ！」

当然、アルヴィンが割って入れる領域の戦いではない。

アルヴィンはただ、黙って二人の戦いを見守るしかない――


世界でもっとも高き場所を舞台に、閃光《せんこう》と闇がせめぎ合う。

最早《もはや》、それは理念も理想も何もない。

ただ、意地と意地のぶつかり合いだ。

互いに、かくあれかしと譲れぬもののために、剣を振るい合う。

次にやってくるのは、死と安寧の冬の世紀か？

あるいは、痛みと嘆きに抗《あらが》う希望の春の時代か？

それが決する時が、ついに来るのだ。

――だが。

意地と意地の張り合いにも限度がある。

物理的に覆《くつがえ》せぬ壁が、そこに存在する。

「……時間だよッ！」

「──くっ⁉」

ついに、アルスルの剣が、シドを捉え始めた。

シドの体が凍《い》てつき始めた。

「君はもう限界だッ！　後はその存在が崩れ去り、消え去るのみ！

決着はもうついたんだッ！　三度、僕の勝ちだッ！」

「まだだッ！　俺はここに居るッ！　俺の心臓は、魂《ウィル》は生きているッ！

ならば、まだ剣は振れるッ！」

「それも──いつまで保つかな……ッ⁉」

アルスルが剣を振るう。

刹那に振るわれる、千の剣戟《けんげき》。

それがシドの全身を切り刻んでいく。

シドの崩壊が加速度的に上昇していく──……

「シド卿《きょう》……ッ！」

アルヴィンは、必死に全身全霊でウィルを燃やした。

右手の紋章を通して、練り上げたマナをシドに送り続けていた。

だが──足りない。

圧倒的に、足りない。

アルヴィンがシドへ送るマナ量よりも、シドが存在崩壊で失うマナ量の方が、圧倒的に多い。

このままでは──もうシドの消滅は、時間の問題であった。

「万策尽きたね、シド卿！」

「……ッ！」

アルスルがさらに剣の回転数を上げて、シドへ撃ち込み、斬りかかる。

最早、シドは完全に防戦一方であった。

シドの全身からマナがみるみる零《こぼ》れていき──シドの存在がみるみる希薄になっていっている。

誰が、どう見ても。

最早、この戦いの趨勢《すうせい》は決まり切っていた。

『勝ちました……ッ！』

それを確信した時、剣を振るうアルスルの背後に、フローラの姿が現れた。

『私はついに光の妖精神《エクレール》に……姉様に勝ったんですわ……ッ！』

感極まったように、フローラがそう叫ぶ。

すると、シドの背後にも光の妖精神《エクレール》が現れ、叫ぶ。

『闇の妖精神《オーブス》……ッ！　貴女《あなた》……そこまで私が憎いのですか⁉』

『……憎いッ！』

今の今まで、常に余裕の笑みを崩さなかったフローラ……闇の妖精神《オーブス》が、憤怒《ふんぬ》も露《あら》わに吠《ほ》えた。

『私達は、この世界に最初に生まれ落ちたる妖精にて、この世界より生まれし神！　ですが……ッ！　光なるものは全て姉様が引き受け……闇なるものは全て私が引き受けることになった……ッ！　そう役割を分け与えられた！

貴女とその加護を受けし命達は常に、眩く温かな光を享受し、貴女は命達に愛され続け……私はいつだって、暗い寒く寂しい闇の奥へと追いやられ、押しやられた！　命達に忌避され、疎《うと》まれ、憎まれ続けた！

私と姉様でどうしてこんなに違うのですか!?　光が羨ましい！　愛が羨ましい！　暖かさが羨ましい！　妬ましい！　だから……憎い！　憎い！　ずっと憎かった！』

「…………ッ!?」

『だから、私は人に化身して暗躍したわ！　貴方達《あなた》だけが光と暖かさを享受するなんて許さない！　世界に闇を！　痛みと嘆きを振りまいてやる！　皆、私と同じにしてやる！

そして——この世界を姉様から奪い、私が支配してやるの！　皆、皆、私と同じにしてやる！　そうすれば——ほら、何も羨ましくないし、妬ましくもない！

皆、平等なのだから！』

『闇の妖精神《オーブス》……貴女……ッ！』

『どう!?　自分が愛し、加護した王を、私に寝取られた気分は!?

自分が選んだ騎士が、私に倒される気分は!?

言っておくけど、私が暗く冷たい闇の底で味わい続けてきた絶望は……こんなものではないわ！』

『……ッ！』

『でも、それも終わる！　もう、終わる！

私と、私が愛する魔王アルスルが、この世界を席巻《せっけん》して全てが終わる！　私の理想の世界が、新時代がこれから始まるのだからッ！』

光の妖精神《エクレール》は反論できなかった。

なぜなら、闇の妖精神《オーブス》の言葉がもう何の疑いようもなく事実になりつつあるからだ。

まだ、激しく剣を打ち合わせているアルスルとシド。

だが――もう、完全にシドは劣勢だ。

今、この瞬間にも消滅してしまいそうだ。

そんなシドへマナを送り続ける、アルヴィンもそろそろ限界に近い。

自分を守る分のマナまで送っているため、アルヴィンは足の先から徐々に凍り始めていた。氷塊の中に閉じ込められつつあった。

『……希望は……ないのですか……？　この世界はこのまま闇に閉ざされてしまうのですか……？　希望のない停滞の死こそが、あるべき命の形なのですか……？』

がくり、と。

うなだれながら、光の妖精神《エクレール》の姿が消えていく。

そんな光の妖精神《エクレール》の姿に、闇の妖精神《オープス》の笑い声が、この猛吹雪の中、妙にはっきりと流れていくのであった。

そして――……


バッキイイイイイイイインッ！


その場に、さらなる絶望を告げる金属音が響き渡った。

「……ッ⁉」

シドの黒曜鉄の剣が――アルスルの壮絶な剣撃の乱舞に耐えかね、ついに折れ砕け散ってしまったのである。

「シド卿――ッ！」

アルヴィンの悲痛な叫びが残響する。

「――ち」

さしものシドも、この展開には目を見開いて舌打ちするしかなく。

「あの時と同じだね……ッ！」

アルスルはしてやったりと、ほくそ笑む。

シドの剣を折り砕いたその勢いを利用して、そのまま優雅に一回転して――

そのまま最後の一撃へと繋《つな》げようとする。

「……く」

当然、剣を全て失ったシドにそれを防ぐ手段はなく。

「シド卿ぉおおおおおおおおおおおおおお――ッ！」

アルヴィンは泣き叫ぶしかなく。

『あっははははははははっ！　あっははははははははははは――ッ！』

吹雪に残響する、オープスの笑い声。

そして――

「これで――終わりだ！　シド卿！」

――回転する勢いに、全身全霊のマナと凍気を乗せて――

アルスルがシドへ猛然と斬撃を放ったのであった。

その瞬間、世界が闇に染まった。

斬撃から迸《ほとばし》る壮絶で濃密で圧倒的な闇が、瞬時に世界を埋め尽くしたのだ。

静寂。暗黒。静謐《せいひつ》──世界は終わった。

──。

──。

──。

──。

終わったはずだった。
——だが。
全てが闇と静寂に閉ざされた世界の一点で。
ぽっ！　と。ほんの微《かす》かに、それでも確かに。
一点だけ、光が灯《とも》った。

カッ！

そして——それは、不意に爆発的に拡散し——
世界を閉ざす闇を一気に払っていた。

「な、何だって⁉」
『——ッ⁉』

己が勝利を確信していたアルスルと闇の妖精神《オープス》が目を剝《む》く。
見れば——

アルスルの剣を、シドが受け止めている……右手の手刀で。

その手刀には弱々しいが、確かに力強くマナの光が輝いている。

その光が、先の世界を塗り潰す圧倒的な闇をはね除《の》け、打ち払ったという事実に、アルスルとオープスは驚愕《きょうがく》するしかない。

「バカな！　君にまだそんなマナが残されていたなんて！　一体、なぜ⁉」

『あり得ない……ッ！　シド卿《きょう》はもう存在が崩壊する一方だったはず……この期に及んでなぜ、まだそれだけのマナを……ッ⁉』

その時。

アルスルとオープスは気付いた。

アルヴィンが、ほとんど消えかかった紋章の右手を掲げている。

その手に……同じく手を重ねる者達がいたのだ。

それは──

「ま、間に合いました……ッ！」

「テンコ……ッ⁉　皆……ッ⁉」

テンコ、クリストファー、エレイン、リネット、セオドール、ユノ、ルイーゼ、ヨハン、オリヴィアら……シドに教えを受けた生徒達であった。

全員、全身全霊でウィルを燃やし、マナを錬成している。

「が、頑張ってください、教官ッ！　私達も一緒に戦いますからっ！」

「こんなところでアンタが負けるはずないだろ⁉　しっかりしろよ！」

「貴方は伝説時代最強の騎士なのでしょう⁉」

「シド卿！　俺達のマナも受け取ってくれ！」


そんな逞《たくま》しくなった生徒達の姿に、シドが、ふっと穏やかに微笑《ほほえ》んだ。

「お前達……」


そして、今度、驚愕するのはアルスル達であった。

「バカな……嘘《うそ》だろう？　まさか……ローガスやルークが、君達のようなのに負けたというのかい……ッ⁉　そんなはずは……」

「そんなはずも何も！　ここに私達がいるということは、そういうことですッ！」

テンコがどや顔で叫ぶが。

「……ふん。まぁ……いささか不本意な結末ではあったがな……」

ルイーゼはその勝利を素直に喜べないらしく、不機嫌そうだった。

「だが、勝ちは勝ちだ。そして、後悔や悔恨も明日があってこそだ……ッ！　拾った命、利用させてもらう……ッ！」

――――。

一方、その頃。

城の階下――完全に閉ざされた氷の海の底にて。

ローガスとルークが、背中合わせに座り込み、その存在をボロボロと崩しつつあった。

元より暗黒騎士である彼らにとって、主君の氷結地獄はダメージにならない。

今、彼らが滅び行くは単純に、戦いで敗北を喫したからだ。

「無様ですね、獅子《しし》の」

「お互い様だろう、一角獣の」

二人が自嘲気味にそんなことを言い合っている。

「なぜ、貴様は負けている？」

「それこそ、お互い様でしょう」

ルークが肩を竦《すく》める。

「確かに、この時代の騎士達も……捨てたものじゃありませんでした。私達の若い頃を思い出しましたよ」

「そうだな。だが……それでも、俺達と連中の間には天と地ほどの戦力差があったろうに……相性差、一対集団、シド卿との戦いでの消耗、《湖畔の乙女》達の援護ということを差し引いてもな。

なのに、なぜ……我らはこうも無様を晒《さら》しているのだろうな？」

「そんなの……もうお互いわかりきっているじゃありませんか」

「…………」

「…………」

しばらく二人は沈黙して。

自分達が先刻まで戦っていた若者達を思い出して。

その絶望の最中でも、まっすぐに輝く瞳を思い出して。

やがて、ローガスはどこか憑《つ》き物が落ちたような声色で言うのであった。

「そうだな、あのような若者達がいる世界を……冬に閉ざせるわけがなかろう」

「私達の時代は……とっくに終わっていたのですね……」

ルークが苦笑いする。

「それに気付くのに、随分と時間が経《た》ってしまいましたが……」

「ははは、皮肉なことだ。魂が闇に落ちきっても……どうやら、騎士としての最後の矜《きょう》持《じ》は捨てきれなかったらしいな」

「……なんだかんだで、私達も根っから騎士だったと言うことでしょう」

「なんだか……長い間、悪い夢を見ていたような気がするな」

「まったくですね。聖王アルスルとシド卿……あの二人が先導し、駆け抜ける道は……どこまでも遠く、とても眩《まばゆ》かった。憧れだった。永遠に……追い続けていたかった」

「そして、その輝きの駆け抜ける果てに、騎士の時代がやがて終わることを、我々は恐れていた。だから、下らぬ永遠に縋《すが》ってしまった。あの女《オーブス》の甘言に耳を傾けてしまった」

「……なんたる未熟です……穴があったら入りたい」

そんなことを言い合いながら。

二人は、どんどんと消滅していく。

「さて……逝《ゆ》くか」

「そうですね」

「老兵はただ消えゆくのみ……いつの時代も真理だな」

「まったく」

「当たり前のことだが……新しい時代は、新しい若者達に託すとしよう」

「……ええ、そうですね。その当たり前のことに気付くのに、また随分とかかってしまいました……本当に……」

そして。

ローガスとルークは、静かに消えていくのであった——

——。


「ローガス。ルーク。やはり、お前達は騎士の中の騎士だったよ。ありがとうな」

何かを悟ったのだろう。

シドは、そんな風に全てを納得したように言った。

「なんだと……何が起こっているっていうんだい……？」

『気にすることはありません！　アルスル！　私の愛《いと》しい主様！』

オープスが苛立《いらだ》ったように叫んだ。

『あのような十把一絡《じっぱひとから》げの弱き騎士達が、十人駆けつけようが、百人駆けつけようが、最早《もはや》、趨勢《すうせい》に影響はありません！　早く、シド卿にとどめを！』

「……そうだね……悪いけど！」

アルスルが——弾《はじ》かれたように動く。

神速を超えた魔速で、シドとの距離を詰め——その剣を振り下ろした。

「——これでッ！」

だが——

がきんっ！

「——終わらないぞ、アルスル」

なんと、またもやシドが手刀でアルスルの斬撃を受け止めていたのだ。

それも、先ほどよりも力強く。

「……な、に……ッ⁉」

即座にアルスルが剣を跳ね上げ、切り返す。電光石火。

切り返し、なぎ払い、切り落とし、打ち落とし、巻き打つ。

その一撃一撃に壮絶な威力と凍気が乗った、全てが絶死の一撃だ。

だが、それを――……

「お、お、ぉおおおおおおおおおおお――ッ！」

シドが手刀と拳で弾き返し、受け流していく。

一撃受ける都度、その身体《からだ》が泳ぎ、後方へ押し込まれていくが――それでも、辛《かろ》うじて裁いていく。

「な、なんだ……なぜ、急に……ッ⁉」

シドへ追いすがり、苛烈に斬撃を浴びせながら、押し切れない。

アルスルが微《かす》かに焦《あせ》りを浮かべ、そう問いかける。

「俺の教え子達が、こうまで俺に託してくれているんだ……応えねば、それこそ教官失格……騎士失格だ！」

あまつさえ――シドが、ついに反撃の拳を返した。

「――ッ⁉」

咄嗟《とっさ》にそれを剣の腹で受け止めるアルスル。

これまで一方的だった戦いの流れが変わった。

未《ま》だアルスル優勢なのは変わらないが――シドの反撃が徐々に増えてくる。

無数に嵐のように攻め立てるアルスルの剣に、まるで針の穴を通すようなシドの攻撃が時折、翻《ひるがえ》るようになっていく。

「一人一人は未熟なウィルでも……全員で束ねて一つにすれば……ここまでシド卿《きょう》が戦えるようになるのか……ッ⁉」

「俺自身驚いているがな……ッ！」

アルスルの斬撃をかわし、カウンターの手刀を鋭く放つシド。

「この年頃の若者の成長は、俺達の想像を絶しているってことだな……ッ！」

「そんなこと……ッ！　なら……ッ！」

シドと剣を交えながら、アルスルが手を変える。

「その君の戦う力の源を……絶つまでッ！」

戦いながら、アルスルは再び剣の力を解放する。

さらに限界を超えて、その剣から闇と凍気が巻き起こり——世界の温度を、またさらに一気に下げた。

極限を超えた激しいブリザードが、辺りを暴力的にのたうち回る。

呼吸するだけで肺まで凍る絶死の世界だ。

「どうだい⁉　この氷結地獄に君達は耐えられない！　シド卿にウィルを送るのを辞める

か！　あるいはこの場から逃げるか……ッ！」

　だが──

「誰が、退くかぁあああああああああああああああ──ッ！」

　テンコが叫んでいた。

「師匠！　私達は逃げません！　思いっきりやっちゃってくださいっ！」

「親愛なる家臣を見捨てて、何が王かッ！　シド卿！　僕は……最後まで貴方《あなた》の戦いを見届けます！　たとえ……ここで果てたとしてもッ！」

　アルヴィンも叫んでいた。

　他の生徒達も同じ思いらしい。

　うなずき合いながら、その場から一歩も退かない。

　全身の血を徐々に凍り付かせながらも、体を氷塊に呑《の》まれながらもウィルを練り、そのマナをシドへ送ることを止《や》めはしない。

「馬鹿な……なぜ、そこまでして……ッ⁉　苦しいだろうに！　痛いだろうに！　何が君達をそこまで駆り立てるんだ……ッ⁉」

アルスルが愕然《がくぜん》としてそう問うと。

生徒達は口を揃《そろ》えて、次々と叫んだ。

「〝騎士は真実のみを語る〟！」

「〝その心に勇気を灯《とも》し〟！」

「〝その剣は弱きを護《まも》り〟！」

「〝その力は善を支え〟！」

「〝その怒りは——悪を滅ぼす〟！」

そんな生徒達の叫びに、アルスルが目を見開く。

「それは……時代の流れと共に消え去り、忘れ去られた古き騎士の掟《おきて》……」

「違うな」

シドが猛然とアルスルへ手刀を繰り出しながら、言った。

「古き掟は、新しい掟になるんだ」

「！」

「旧時代の終わった人間が余計な気を揉《も》まなくてもな……世界は永遠なんだよ。

語り継ぎ、受け継ぎ、次代へ繋《つな》ぎ……それは永遠となる。

痛みも苦しみも嘆きも、幸福も安らぎも希望も、皆で全て背負ってな。俺達が余計な気を揉む必要なんか……最初から何もなかったんだよ」

シドの渾身《こんしん》の一撃が、閃光《せんこう》を描き――アルスルを押し返した。

「……ッ！」

今までとは明らかに違うその威力に、アルスルの顔に焦りが生まれる。

徐々に……シドがアルスルの攻勢を押し返していく。

『……そんな理屈に合わぬことが……あってたまりますか……ッ！』

その時、アルスルの剣から闇の妖精神《オーブス》の姿が立ち上り、顕現して。

『私の邪魔は……悲願の邪魔はさせない……ッ！』

生徒達に向かって、何らかの魔法を唱えようとするが。

「それはこっちの台詞《せりふ》です！」

聖なる柊《ひいらぎ》の葉が突然、無数に渦を巻いて発生し、虚空《こくう》の闇の妖精神《オーブス》へ殺到した。

柊の葉の棘《とげ》が闇の妖精神《オーブス》の全身に刺さり――そして、その葉が燃え上がった。

『きゃあああああああああああ──ッ!?』

さすがに闇側《ダークサイド》に属する存在の闇の妖精神《オーブス》は、その蔦《つた》の聖なる力に身を焼かれる。

殺せはしないが、耐えがたい苦痛を与え、その行動を阻害する。

その聖なる柊の魔法の使い手は──

「イザベラ」

「ええ、ただいま参りました！　生徒達には指一本触れさせません！　《湖畔の乙女》の意地にかけて！

闇の妖精神《オーブス》に抗するために伝わり古《いにしえ》の秘伝……ここで全て使わせていただきます！」

そう言って杖《つえ》を構え、イザベラはさらなる呪文を唱え始める。

そんな頼もしいイザベラの姿に、シドが微笑《ほほえ》む。

「ならば、後顧の憂いはもうない。決着をつけよう、アルスル」

「シド卿……」

アルスルの前で……シドが剣を抜く。

今まで鞘《さや》に納めていた、光の妖精剣だ。

相変わらずボロボロに崩れているが……シドが最後のウィルを燃やし、己の存在を燃やし、そして生徒達から受け取ったマナを燃やし、その全てを剣に込めていく。

『……気にすることはありません。シド卿』

光の妖精神《エクレール》の姿が、シドの隣に浮かぶ。

『思いっきりやってください』

「ああ、そうさせてもらう」

そして、シドは剣を逆手に構え、深く低く構える。

「シド卿……」

そんなシドを正面に見据え、アルスルが剣を中段《フルーク》に構える。

互いに予感があったのだろう。

次が、最後の一合になるだろう、と。

「今まで俺は二度、お前に負けた」

「…………」

「三度目の正直だ。……行くぜ」

そうして。

「はぁああああああああああああああああ――――ッ！」

シドが駆けた。

全身に稲妻《みなぎ》を張らせて——一条の閃光となってアルスルへ向かって駆けた。

今までで、最高最速の踏み込みだ。

雷速を超えた神速、神速を超えた魔速、それを更に超えた絶速だ。

「おおおおおおおおおおおおおおおおおおおおおおおお——ッ！」

裂帛《れっぱく》の気迫と共に、アルスルへ肉薄し……

「シド卿……僕は……ッ！」

迎え撃つアルスルが、剣を中段から大上段《フルーク》に構え——

「僕はぁあああああああああああああああああああ——ッ！」

そのまま、一気に全身全霊をかけて振り下ろす。

その斬撃から迸《ほとばし》る圧倒的な闇の凍気。

それは、再び世界を塗り潰さんとばかりに暴力的に咆哮《ほうこう》し——事実、全てをまた新たに塗り潰していく。

黒く。黒く。黒く。冷たく。冷たく。冷たく。

世界を、深淵《しんえん》の底へと沈めていこうと全てを闇に塗り潰していく。

全てを、昏《くら》く凍《い》てつかせていく――

――だが。

その闇を、一条の閃光が切り裂きながら、進んでいく。

全身から大量のマナを零《こぼ》し落としながら、その存在を希薄にしていきながら、その肉体を崩壊させながら――シドが、闇の中を突き進む。

進む。

進む。

突き進み――貫く。

「アルスル！」

「シド卿――ッ！」

そして——二人が激突。

渦巻く衝撃と壮絶なる剣圧。

まるでガラスが割れ砕けるような音が、世界の果てまで響き渡った。

シドの振るった光の妖精剣。

アルスルの振るった闇の妖精剣。

それらが真っ向からぶつかり合い——一瞬、拮抗《きっこう》し。

次の瞬間、闇の妖精剣が、木《こ》っ端《ぱ》微塵《みじん》に砕け散る。

『ぁああ——ッ!?』

その瞬間、闇の妖精神《オーブス》の凄《すさ》まじい絶叫が世界の果てまで届くのであった。

そして——……

——。

闇の妖精神《オープス》の叫びが木霊《こだま》と共に、消えていくのと呼応するかのように。
この世界を暴力的に吹《ふ》き荒《すさ》んでいた吹雪が収まっていき……
やがて、完全に止まる。
しばしの間、世界を静寂が支配する。
そして、そんな静寂を祝福するかのように。
闇に閉ざされていたダクネシア城に、遥《はる》か天より光が降り注ぎ始めた。
空高き分厚い闇の雲を切り裂き、微《かす》かな光の筋が差し込んだのである。
その光は、みるみるうちに強くなり——強くなり——
ある一時を境に、世界の果てまで爆発的に拡散した。
ダクネシア城を中心に、眩《まばゆ》き光が世界を覆う闇を、どこまでも祓《はら》い清めていく。
それと同時に、暖かき風が渦を巻き、地の果てまで駆け抜けていく。届いていく。
それは、まるで夜明けのように。駆け足で訪れた春のように。
みるみるうちに、この世界の空が晴れ、氷が引き、雪が消えていく——
————。
——。
——気付けば。

永久の雪と氷に閉ざされたはずのダクネシアの姿は――もうない。

そこには、今は誰も知らぬかつてのように、豊かな自然に囲まれた大地があった。

世界を覆い尽くしていた冬が、今、一気に終結したのだ。


「……こ、ここは……？」

「俺達は……一体……？」

ダクネシア城の階下のホールで、バーンズ、アイギス、カイム、ガトら、キャルバニアの騎士達が、次から次へと目を覚ましては、身を起こす。

「……い、生きてるのか……？　俺……」

先刻、魔王がもたらした最後の冬に、世界を覆う氷の海に、自分達は為《な》す術《すべ》なく呑《の》み込まれ、閉じ込められていたはずなのに……生きている。

まるで、狐《きつね》に摘まれたかのような気分で、彼らは互いに顔を見合わせあった。


――。

気付けば、暖かな風が優しく吹き流れていた。

吹き抜けとなったダクネシア城の最上階から遠く見渡す地平線は……黎明《れいめい》に輝いていた。

思わず涙が出るほど、幻想的で美しい光景だった。

一人の騎士と、一人の魔王。

彼らの戦いの終結と同時に、長い長い夜が明けたのである。

「……そういえば」

と、ぽつりとシドが言った。

「あの時は……落日に焼け爛《ただ》れた黄昏《たそがれ》だったが……今は黎明なのだな」

「そうだね。僕の……負けかな」

「ああ、俺の勝ちだ」

王と騎士が、背中合わせにそんなことを言い合っていた。

「……本当にギリギリだった。やっぱ、お前は強いよ。さすが、俺が見込んだ王だ」

シドが己が手の剣を見る。

光の妖精剣が……無言で、ボロボロと崩れて消滅していく。

(別れを言う暇もなかったが……ありがとうな、相棒)

そして、綺麗《きれい》に消えて逝《ゆ》く剣を見送り、シドは言葉を続けた。

「今の一撃で……エンデアの身体《からだ》から、お前を完全に斬り離し、闇の妖精神《オーブス》を討った」

「そうみたいだね……」

その瞬間、がくんと膝から崩れ落ち、まるで糸が切れたように倒れ伏せるエンデアの身体。

後には──半透明のアルスルが、立っている。

最早《もはや》、奪ったエンデアの姿ではなく、伝説時代の聖王の時のままの姿で。

まるで憑《つ》き物が落ちたかのように、アルスルは穏やかな顔をしていた。

「迷惑……かけたね」

「お互い様だ」

シドが苦笑いする。

「君には……本当に迷惑をかけっぱなしだ。

かつて、君がこうして魔王に墜《お》ちた僕の目を覚ましてくれた後……僕の急務は、王として、滅びかけた世界を立て直すことだった。君がしてくれたことを思えば、死んで詫《わ》びることなんて許されなかった。

そして、あの状況でそうするには……僕が魔王を倒したことにするしかなかった」

「そう。俺が魔王を倒したなんて話は、後世に伝えるわけにいかない。そんな話は邪魔なだけだ。伝説時代に、お前以上の英雄がいてはいけない」

シドはやはりどこまでも穏やかに笑いながら言う。

「わかってるさ。だって、そうしろとアルスルに伝えてくれって、俺が光の妖精神《エクレール》に頼んだんだしな」

「シド……君は……」

「お前なら、きっと俺を悪者にしてくれるって……俺の騎士道を守ってくれるって、信じてたよ」

「僕は……僕は……ッ！　君にどれだけ……ッ！」

俯《うつむ》いて震えるアルスルへ、シドは続ける。

「気にするな。全て俺の中途半端《ちゅうとはんぱ》さが招いたことだからな。

あの時、俺は……魔王と化したお前の【聖者の血】を使って浄化しようとした。

だが……お前の魂《ウィル》を半分しか浄化できなかった。魔王としての半身が、お前の中に残ってしまった」

「その半分はね……後で《湖畔の乙女》達に斬り離してもらって、キャルバニア城の地下深くに封印したんだよ。

そして、それでも、僕が魔王となり、闇の妖精神《オープス》の呪いを受けたことは変わらない。その呪いは闇の妖精神《オープス》が生きている限り、永劫《えいごう》に解けない。

いつか——魔王としての僕を継承する者が必ず現れる。特に双子……一つの魂《ウィル》を二つに分け合うような存在が現れる時……その片割れが魔王となる可能性が非常に高い」

「…………」

「その時に備えて……僕は光の妖精神《エクレール》の啓示に従い、君の魂《ウィル》を僕の血筋に縛り付ける契約を勝手に結んだ。君の死後を勝手にもらってしまったんだ」

「謝るのはなしだ」

ひたすら申し訳なさそうに目を伏せるアルスルに、やはりシドはどこまでも穏やかだ。

「お陰で……とてもいい夢が見られた。良き出会いがあった。感謝しているよ。お前は約束通り……俺に素晴らしいものを見せてくれた」

「……シド卿《きょう》……ああ、やっぱり、君は……」

〝僕の最高の騎士だったよ……〟。

そう言い残して。

アルスルの姿は、眩い黎明に溶けて消えていくのであった——

──────。

「……さて」

無二の親友との別れを終えたシドが、くるりと振り返る。

「……まったく、なんて顔してんだ、お前達」

シドは生徒達を見ながら、笑った。

「勝ったんだぞ？　お前達の騎士道が伝説時代の魔王を打ち破ったんだ。もっと、喜べ、誇れ。そんな顔は似合わない」

「僕達は何もしてない……全部、シド卿に任せっきりだった……ッ！」

アルヴィンが、泣きじゃくりながらそう絞り出すように言った。

視線を落として自らの手の甲を見れば……シドとアルヴィンを繋《つな》ぐ絆《きずな》の紋章は……もう綺麗に消えてしまっていた。

その事実を示すように……シドが消えていく。

全身からマナの粒子を零《こぼ》しながら……シドが消えていく。

ゆっくりと。ゆっくりと。

「……本当に……もう、お別れなんですか？」

「いつか遠い未来、闇の妖精神《オーブス》を討ち果たすまで……元々そういう契約だったんだよ」

シドがアルヴィンの頭をなでながら、優しく言った。

「それに……もうこの世界は、光と闇の妖精神《オーブス》の手から離れた。お前達の本当の時代がこれから始まるんだ」

「そんなの……」

「師匠……わ、私……まだまだ、師匠に教わりたいことがたくさんあるんですっ……これで、お別れなんて……嫌だぁ！」

テンコが、ぐずぐず洟《はな》をすすりながら泣き叫《わめ》く。

「教官、俺もだよ……まだまだ、教わってねえこと、山とあるだろ……」

クリストファーが目元を拭いながら呻《うめ》く。

「そうですわよ……無責任……ですわよぉ……」

エレインも溢《あふ》れる涙が止まらない。

「勝手にやってきて、勝手に去って行って……本当に勝手な人だよ、アンタ……」

セオドールも。

「うえええええん！　逝かないでくださいよぉおおおおっ！」

リネットも。

「わ、私は！　お前を倒すって決めてたんだッ！　勝ち逃げは許さないぞッ！」

ルイーゼも。

その場に集う生徒達は、皆、涙を流していた。

シドはただ、そんな生徒達の顔を一人一人見つめながら……ただ優しく微笑《ほほえ》むだけだ。

そして。

「シド卿ッ！」

アルヴィンが、シドの前に出る。

「逝かないで……逝かないでくださいッ！」

王としての矜持《きょうじ》も、恥も外聞もなく。

その時ばかりはただ一人の少女として、泣き叫ぶ。

「貴方《あなた》がいないと不安なんです！　まだ僕達には貴方が必要なんです！

一体……これから僕達は、何を目指して騎士として歩めばいいんですかっ⁉」

「…………」

「もっと、傍《そば》に居てください！　もっともっと、僕達を教えてください！　導いてくださいっ！　ねぇ！　シド卿！　お願い……ですから……ッ！」

そんなアルヴィンに。

シドは笑って答えた。

「もう、教えることは何もないよ。卒業だ」


そう最後に言い残して。

その笑顔を、皆の顔に焼き付けて。

シドの姿は、黎明の陽光の中に溶けるように消えていくのであった——……

まるで最初から、そこには誰も居なかったかのように。

「……あ……」

アルヴィンはしばらくの間、その誰もいない虚空《こくう》を呆《ほう》けたように見つめて。

やがて。

「ぁあああああああああああああああああああああああ——ッ！」

哀《かな》しげな慟哭《どうこく》が、眩《まばゆ》い夜明けに残響する。

どこまでも、どこまでも——……

終章　騎士は――……

「…………」
眩い光の中を……俺は歩いている。
ゆっくりと。
……ゆっくりと。
俺は……真っ白な世界を歩いている。
不安はない。
ただ、この魂《ウィル》が導かれるままに……どこまでも、俺は歩いて行く。
……何も後悔はない。
俺は……全てやりきったのだ。
まったく後ろ髪を引かれないかと問われれば、嘘《うそ》になるが……
……何も心配はない。
俺は、安心してこの光の中を歩いて行ける。その先の終着点を目指していける。

俺は、歩いて。

歩いて。

……歩いて……歩き続けて……そして……

ふと、頬に健やかな風を感じた。

ふわぁ、ふと。若草と花びらが風に巻き上げられ、どこまでも遠く青い空に向かって飛んで行く。

温かな陽光降り注ぐ、春の匂い。

懐《なつ》かしく果てしなき緑の草原に——俺は立っている。

そこには——……

「シド卿」

アルスルが待っていた。

「ふっ……やっと来たか」

ローガスが待っていた。

「待ちくたびれましたよ」

ルークが待っていた。

「ふん、相変わらず時間にルーズなやつだ」

リフィスが仏頂面《ぶっちょうづら》で待っていた。

他にも……

「シド卿……お久しぶりです……ッ！」

「ラキアの戦場以来ですな！　もっとも、私はそこで志半ばで斃《たお》れましたが……」

「会いたかったですよ、シド卿！」

「……シド卿……ッ！」

……かつての伝説時代、俺と共に数多《あまた》の戦場を駆け抜けた、無数の騎士達が。

その約束の場所で、俺を待っていたのだ。

かつて、何もない空っぽの《野蛮人》だった俺が、憧れたままの姿で。

皆が皆、尊敬に値する〝騎士の中の騎士〟だった頃の姿で。

再び、俺の前に現れてくれたのだ。

俺を迎えに来てくれたのだ。

「……俺も……会いたかったよ、友よ」

思わず、俺はガラでもなく目頭が熱くなり……空を見上げる。

そんな俺の元に、皆が集まってくる。

「全て貴公に背負わせてしまって……本当にすまなかった……」

「これも、我らの心の弱さのせいで……」

「……悪かった、シド卿《きょう》。あの時は……僕もどうかしていたんだ……」

「なぜ、我らは、あんなあり得ない虚構の永遠などに惹《ひ》かれて……」

「私は、私自身が情けないです……」

誰もが、俺に謝ってくる。

「……やめてくれよ。仲間だろ、俺達」

俺は胸がいっぱいになる思いで、言葉を紡《つむ》ぐ。

「こうして、再び皆に会えた……それだけで何も後悔はない」

そうだ。

こいつらのためなら、何も惜しくなかった。怖くなかった。

辛《つら》いことや苦しいことなんて……屁《へ》でもなかったのだ。

そんな風に、俺達が旧交を温め合っていると。


「……シド卿」


俺の前に、一人の少女が姿を現す。

その少女は……光の妖精神《エクレール》だ。

彼女は、その腕に誰かを横抱きに抱きかかえている。

闇の妖精神《オーブス》だ。まるで死んだように眠っている。

「貴方が闇の妖精神《オーブス》を倒したことで……彼女の闇に魂を囚《とら》われていた、あの時代の騎士達は……全て解放されました」

「……そうか」

「そして、もう……キャルバニア王家の血から、魔王の継承者が生まれることもないでしょう。全ての闇の呪いが解き放たれたのです。貴方も解放されました」

「そりゃ良かった」

ふっと笑って。

俺は光の妖精神《エクレール》に問いかける。

「で？　お前はこれから、どうするつもりだ？　光の妖精神《エクレール》」

「私は……この子と共に、この世界を離れるつもりです」

光の妖精神《エクレール》は、自分の腕の中で眠る闇の妖精神《オーブス》に視線を落とす。

「私と彼女……光と闇を司《つかさど》る妖精神……この世界そのものの化身。

私達は、この世界に生まれる生命の求めに応じて、かつて生まれ、以降、ずっとこの世界を、共に加護してまいりました。

光と闇は不可分。私が光の祝福で命を守るならば、彼女は闇の抱擁を命に与えねばならない。そうしなければ、私の加護は力を失う。

ですが……この子にばかり、あまりにも辛い役目を押しつけてしまいました」

「……役目、か。元よりそういう存在とはいえ、お前達も難儀だな」

「全くです。

ですが……もう、この世界は、私達の手を離れました。

私達の加護がなくとも……命に溢《あふ》れ、妖精は生まれ、そして手を取り合い、強く生きていくことでしょう。これからも、ずっと、永遠に」

「…………」

「私達は、そんなこの世界の歩む行く末を……この世界の外側から見守ることにします
……今度は、この子と一緒に」
「……それがいい。なんだかんだで、その子もお姉ちゃんっ子だからな」
そして、そんな俺の言葉に苦笑して。
俺達の目の前で、光の妖精神《エクレールオーブス》は闇の妖精神《エクレールオーブス》を抱いて消えていく。
光の妖精神《エクレールオーブス》と闇の妖精神の新たなる旅立ちを見送った後。
俺は……歩き出した。
「さぁ、行こうか、アルスル」
遥《はる》か先の地平線に——光がある。
そこを目指して……俺達は歩き始める。
「今度こそ、終わりだ。俺達の……遠く懐かしき騎士冒険譚《たん》の終わる時。
さぁ、共に行こう……後は、全て新しい時代の若者達に任せてな」
だが。
「……アルスル？」
俺は足を止める。
なぜか、アルスルが俺の前に回り込んで、真正面に立ったのだ。

「……どうした？」

アルスルはしばらくの間、俺の目を見つめて……

やがて、ほんの少しだけバツが悪そうに言った。

「あははは、実はさ、シド卿。最後に、一つだけ君に頼みがあるんだ」

「……頼み？　おいおい、どうした？　またこのパターンか？」

「本当にこれが最後！　最後だから！」

俺は、やれやれと肩を竦《すく》める。

「今さらなんだ？」

「それはね――……」

悪戯《いたずら》っぽく、アルスルが笑って。

俺に向かって手を差し出し……手を開く。

そこに乗っていたのは……完全に消滅したとばかり思っていた、光の妖精神《エクレール》の欠片《かけら》であった――……

――。

「アルマ！　アルマったら！　何をやってるんですか!?　皆、待ってますよ！」

部屋の外から慌ただしい駆け足の音と叫び声が、やってくる。

乱暴に部屋の扉を開き、慌ただしく飛び込んできたのは——テンコだ。

「やぁ、テンコ」

「やっぱり、ここに居ましたか！　もう、アルマったら、エルマにいつもべったりなんですから！」

ここは——キャルバニア王城の、とある一室。

エンデアー——エルマに、あてがわれた普通の部屋だ。

部屋のベッドの傍《そば》の椅子に、私は腰掛けていて……天蓋付きのベッドの上では、エルマが身を起こしている。

テンコの姿を認めたエルマは、ぱぁっと、満面の笑みを浮かべて両手を広げた。

「あっ！　テンコ姉様っ！　私ね！　アルマ姉様と、シド卿のお話してたの！」

「そ、そうですか……」

「シド卿の伝説って、何度聞いても凄《すご》いよねっ！　私、この身体《からだ》が元気になったら、私も騎士になるのっ！　イザベラが、もうすぐ良くなるって！

そしたら、私も学校に行って、アルマ姉様やテンコ姉様みたいな騎士になるの！　そして、テンコ姉様みたいにアルマ姉様の力になるのっ！」

「えっ⁉　そ、そうですか？　それは照れますね、あははは……」


あの戦いの後、エルマは——見ての通り、記憶を失っていた。

より正確に言うなら、子供の頃、闇の妖精神《オーブス》にツケ入れられてからの記憶が、あの戦いの後、ごっそりと消えてしまっていたのだ。

元々、特殊な環境下で育ったため、精神的な成長が薄かったエルマだ。

そのせいで、精神年齢は子供の頃の当時のレベルまで下がってしまっている。

身体は、アルヴィンと同じくらいの少女なのに、中身は本当に子供のままなのだ。


「……なんだか……複雑な気分ですね」

そんな無邪気なエルマを見て、テンコが私に耳打ちしてくる。

「いつか……全てを思い出す時が来るのでしょうか？」

「さあ、わからない。でも……今はこれでいいんじゃないかな……」

きっと、これが一つの救いの形なのだろう。

あの戦い以来、王国に確保されたエルマの扱いについては、色々一悶着《ひともんちゃく》あった。

だが、結果として……エルマは極刑を免《まぬが》れた。

魔法を使って検査しても、エルマ自身に魔王だった記憶がまったくないこと。そのあまりにも幼過ぎる精神年齢。当然、フローラのことも欠片《かけら》も記憶に残ってない。

それらが魔法的に証明され……結局、『エルマは、ただ大魔女に一方的に利用されて、操られていただけの哀れな犠牲者だった』と、結論せざるを得なかったためだ。

どうして、こんな奇跡が起きたのかわからないが——……


（きっと、貴方《あなた》のお陰なんですよね？　シド卿……）

今は、もういない騎士に向かって、私はそう心の中で呟《つぶや》いた。

そして、ふと右手の甲に視線を落とす。

そこには……今はもう、何もない。

「っと！　ていうか、アルマ！　急いでくださいってば！

これから、私達の卒業式と騎士叙勲式ですよっ⁉

クリストファーも、エレインも、セオドールも、リネットも、ルイーゼも、イザベラも……皆、皆、貴女《あなた》のことを待っていますよ!?　ユノ達も、アルヴィンや先輩達の晴れ姿を目に焼き付けるんだって、大はしゃぎです！」

「ああ、そうだったね」

「それが終わったら、貴女の戴冠式です！

なにせ、キャルバニア王国初の女王の誕生です！　皆、皆、貴女に期待してるんですからねっ！　しっかりしてくださいよねっ！」

「あはは……なんだか……夢みたいだね」

「現実です！　ですが、ご安心を！　貴女の王道は、この私、貴女の第二の騎士テンコ＝アマツキが、一生涯をかけてお守りしますからねっ！」

「うわぁ、テンコ姉様、格ぁ好いい！　うん、私もすぐに騎士になる！　アルマ姉様の力になるのっ！」

「ありがとう、二人とも。じゃあ、とりあえずはバシッと決めようか」

「はいっ！　行きましょう！」

「頑張ってね、姉様達！」

そんな風に。

私はテンコを伴い、エルマを残して部屋を出て行った――

――。


それからの数日間はとても慌ただしかった。

新たな王の戴冠と、訪れる新時代に沸き上がる国民達。

再編される精強な新生騎士団と、それにかかる大きな期待。

そして、新時代の幕開けを祝う、国を挙げてのお祭りとパレード。

様々な苦難を乗り越えたキャルバニア王国は、今、春の訪れを謳歌《おうか》しているのであった。

そして――……

――。


そんな慌ただしい日々の最中。

ある時、私は、ふと城を離れ……とある場所を訪れていた。

王都の活況が嘘《うそ》のような、静謐《せいひつ》さに守られたその聖域は――シャルトスの森だ。

鬱蒼《うっそう》と木々が茂るも、辺りを満たす空気はどこまでも清澄《せいちょう》で、相も変わらず神聖不可侵なとても落ち着いた空間を演出していた。

「……テンコは、また一人で勝手に～って、怒るだろうけどね……」

私は、そんな森の中を、一人ゆっくりと散策していた。

今日はなんとなく。

なんとなく……そんな気分だったのだ。


「…………」


しばらく私が森を進んでいくと。

やがて……開けた場所に辿《たど》り着く。

そこは、暖かな陽光降り注ぐ小高い丘になっていて。

その丘の上には、ばらばらに砕け散り、焼け焦げた石片が転がっている。

それは──《閃光《せんこう》の騎士》シド＝ブリーツェの墓、だったもの。

私が最初に彼と邂逅《かいこう》した時の姿のまま……それは、そこにあった。

「シド卿《きょう》……」

私は、ゆっくりと丘を登る。

そして、石片達に語りかけた。

「今日は……色々と報告しに来ました。

もっと、早く来るべきだったとは思うんですけど……」


しばらくの間。

私は、この一年間の様々なことを報告した。

ついに自分達が騎士叙勲を受け、そして自分が王になったことも。

私は延々と語っていく。

今はもう懐《なつ》かしいことを振り返りながら、語っていく。

やがて……


「…………」

ついに語るべきことを語り尽くし、その場に沈黙が訪れた。

春風が……穏やかに凪《な》ぐ。

陽光が……優しく降り注ぐ。

気付けば。

「嘘吐《つ》き……」

私の口から、不意にそんな言葉が漏れ出て、自分でも思わず驚く。

だが、一度言葉が口を突いて出ると、もう止められなかった。

「……ずっと……ずっと、私の傍に居てくれるって言ったのに……ッ！　嘘吐き……酷《ひど》いよ、シド卿……ッ！　私、……私……ッ！」

答えは、何も返ってこない。

当然だ。

石はしょせん、石。自ら何かを語るわけもない。

刻まれた言葉以外を語ることはない。

最初の出会いでは奇跡があったが……今は、もう何もあるわけもない。

「あは、あははは……ごめんなさい……こんな情けない姿をお見せしてしまって……こんなつもりじゃなかったんですけど……」

私は手の甲で目元を拭い、石に背を向ける。

何かから決別するように、覚悟を決めるように、背を向ける。

「……私は大丈夫です。これから、色々と大変なことになると思いますけど……色々な困難があると思いますけど……私達は大丈夫です。

この国は……民は、私が……私達がずっと守ります。守り続けて見せます。

だから、どうか……私の王道……見守っていてください……」

そう言い残して。

私が、踵《きびす》を返し……丘を下っていく。

その場を立ち去っていく。

だが――
その時だった。

〝だが、別に。傍で見守っていても構わないのだろう？〟

不意に、そんな言葉が、私の頭の中に直接響いたような気がして。

「……ッ!?　熱ッ!?」

突然、右手の甲に燃えるような感覚を覚え、私は思わずその手を押さえて蹲《うずくま》り――

ごぉおおおおおおっ！

背後から渦を巻くように、唐突に激しい風が巻き起こり――その森の中の開けた空間を満たした。

やがて、風が止《や》んだ時。

私は……ふと気付く。

「……え……？」

右手の甲に……あの紋章があった。

あの消えてしまったはずの、懐かしい紋章が――

「な、なんで……？」

それを見つめながら呆気《あっけ》に取られる私の背後から。

「まったく、アルスルの親バカめ……いや、子孫バカ？」

そんな声が……聞こえてくる。

もう聞けるはずのない声。
どうしても聞きたかったのに、もう二度と聞けなかったはずの声。
「……あ、ぁ……あああ……」
私は震えながら、立ち上がる。
「ま、いいさ。後一度くらい人生を謳歌するのも一興だ。約束もあったしな」
私の目から、とめどなく溢《あふ》れる涙。
夢なんじゃないかと。ただの幻聴なんじゃないかと。
怖くなりながらも……私は、ゆっくりと振り返る。
振り返らずにはいられない。
そして、それは案の上、夢でも幻でもなくて。
その懐かしく小高い丘の上に。
私がどうしようもなく会いたかった、懐かしいあの人の姿があった。
春の日差しの逆光を受けて、見えづらいが……その人は確かにそこに居た。
その人が、私に手の甲を見せる。

そこには……私と同じ紋章がある。
「よう、我が主君。奇遇だな。元気だったか？」
なんで？
言葉を失った私は、言葉にならない問いをその人に投げる。
すると。
その人は記憶の中の通りに、堂々と、そして不適に笑いながら、こう言った。
「言ったろう？　〝騎士は——真実のみを語る〟」
途端。
私の身体《からだ》が、何かに弾《はじ》かれたように動いた。
息せき切って、丘を駆け上っていく。
逆光を振り払いながら、その人の下へ真《ま》っ直《す》ぐと——……
そして。

私は、その愛《いと》しい人の名を叫ぶのであった。

――――。


後の世に『春の時代』と呼ばれる、キャルバニア王国の栄光と繁栄の日々が始まった。

強く賢き女王と、精強なる騎士団に守られた平和。幸福の時代。

その時代を、常に先陣きって主導する女王アルマ一世の治世は、これより始まる。

未《ま》だ冬の残滓《ざんし》が残りし世界の中、時に暗雲が立ちこめし時も、優しく誇り高き女王は自ら先頭に立って暗雲を払い、人々の希望となりて、ますます光り輝いていく。

そして。

そんな崇高なる王の傍《かたわ》らには、いつも一人の騎士がいたという。

かの者の名は――……

あとがき

こんにちは、羊太郎《ひつじたろう》です。

今回、『古《ふる》き掟《おきて》の魔法騎士《まほうきし》』第5巻、無事に刊行の運びとなりました！　編集並びに、出版関係の方々、読者の皆様、どうもありがとうございます！

今回の5巻をもちまして『古き掟の魔法騎士』というお話は完結の運びとなります。

伝説時代の真実と因縁。そして、時が流れるままに忘れ去られてしまった騎士道、古き騎士の掟。それが、シドが千年の時を超えて復活することで、再び失われた全てが蘇《よみがえ》り、古き掟は新しい掟となって、これからの輝かしい時代を紡《つむ》いでいく……この作品で書きたかったことを全て書ききりました！

昨今の出版不況の中、こうして書きたいことを最後まで書けるというのは、本当に幸せなことで、それもこの羊太郎という作家を支持してくださる読者様達のお陰です！

いつも読んでくださって、本当にどうもありがとうございます！

それにしても、まだまだ、色々と書きたいお話のネタはたくさんあります。

こうしてあとがきを書きながらも、新作の構想を色々と考えたりしています。

頭の中の妄想を、社会に作品として出力できる作家という職業に就けたことは、本当に幸せなことなのだな、とつくづく感じます。

次は、どんなお話がいいかなぁ？　僕は主人公の職業の流儀をテーマにする話が得意らしく、これまでは『魔術師』、『王』、『騎士』と来ましたので、次は『海賊』とか『忍者』とか案外いいかもしれませんね（笑）。そして、主人公が何らかの学校の生徒である話がわりと少ないので、次こそ生徒を主人公にしてみてもいいかもしれません。

いずれにせよ、次回作に向けて妄想は膨らむばかりです。

それでは、またいつか新作のあとがきでお会いしましょう（『ロクでなし』を読んでくださっている人は、そこでお会いできると思いますが（笑））。お疲れ様でした！

また、僕は近況・生存報告などをtwitterでやっていますので、応援メッセージや作品感想など頂けると、単純な羊は大喜びで頑張ります。ユーザー名は『@Taro_hituji』です。

というわけで、どうかこれからもよろしくお願いします！

羊太郎

お便りはこちらまで
〒一〇二‐八一七七
ファンタジア文庫編集部気付
羊太郎（様）宛
遠坂あさぎ（様）宛

富士見ファンタジア文庫

古《ふる》き掟《おきて》の魔法騎士《まほうきし》V

令和4年9月20日　初版発行

著者――羊《ひつじ》　太郎《たろう》

発行者――青柳昌行

発　行――株式会社KADOKAWA
〒102-8177
東京都千代田区富士見2-13-3
0570-002-301（ナビダイヤル）

印刷所――株式会社暁印刷

製本所――本間製本株式会社

ISBN978-4-04-074656-2 C0193 ◇◇◇

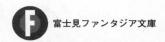

これは世界を救う
久遠崎彩禍。三〇〇時間に一度、滅亡の危機を迎える世界を救い続けてきた最強の魔女。そして——玖珂無色に身体と力を引き継ぎ、死んでしまった初恋の少女。
無色は彩禍として誰にもバレないよう学園に通うことになるのだが……油断すると男性に戻ってしまうため、女性からのキスが必要不可欠で!?
シン世代ボーイ・ミーツ・ガール!
1
王様のプロポーズ
King Propose
橘公司
Koushi Tachibana
[イラスト]——つなこ

最強の初恋
シリーズ
好評発売中!
ファンタジア文庫

この少年
すべてが
天上優夜《てんじょうゆうや》
異世界でレベルアップした結果、最強の身体能力を手に入れた少年
シリーズ好評発売中！

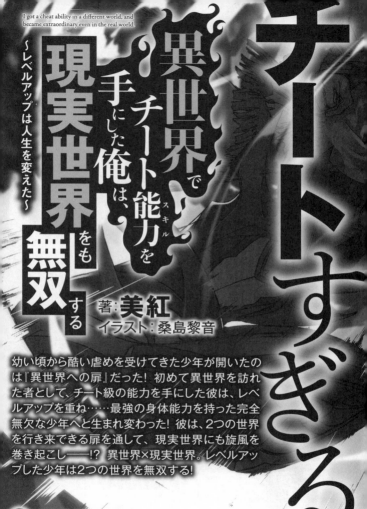

世界最強の
“不可能任務”に挑む少女たちの
痛快スパイファンタジー！
スパイ教室
竹町
illustration
トマリ

ティナ
四大公爵家のひとつ、ハワード家に生まれた公女殿下。なぜか誰でも扱える程度の魔法すら使うことができない。
変える
はじめましょう
アレン
公爵令嬢ティナの家庭教師を務めることになった青年。魔法の知識・制御にかけては他の追随を許さない圧倒的な実力の持ち主。
発売中!

その剣《つるぎ》
WEBで圧倒的人気の
剣戟無双ファンタジー!
シリーズ
好評発売中!!
月島秀一
illustration もきゅ
一億年ボタンを連打した俺は、
Ichiokunen Button wo Renda shita Oreha,Saikyo ni natteita
気付いたら最強になっていた
~落第剣士の学院無双~

STORY

周囲から『落第剣士』と蔑まれる少年アレン。彼はある日、剣術学院退学を賭けて同級生の天才剣士と決闘することになってしまう。勝ち目のない戦いに絶望する中、偶然アレンが手にしたのは『一億年ボタン』。それは「押せば一億年間、時の世界へ囚われる」呪われたボタンだった!?　しかし、それを逆手に取った彼は一億年ボタンを連打し、十数億年もの修業の果て、極限の剣技を身に付けていき——。最強の力を手にした落第剣士は今、世界へその名を轟かせる!

十数億年の重み

ファンタジア文庫